当代文学的力量

时代的声音

尚书房

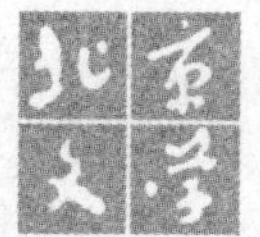

重点优秀作品

蓝名单

杨少衡 著

中篇小说卷

北京文学月刊社 主编

图书在版编目（CIP）数据

蓝名单 / 杨少衡等著．—北京 ：文化发展出版社有限公司，2016.9
（《北京文学》重点优秀作品　北京文学月刊社主编）
ISBN 978-7-5142-1491-8

Ⅰ．①蓝…　Ⅱ．①杨…　Ⅲ．①中篇小说－小说集－中国－当代
Ⅳ．①I247.5

中国版本图书馆 CIP 数据核字 (2016) 第 193573 号

蓝名单

杨少衡 / 著

出 版 人：赵鹏飞
总 策 划：尚振山
责任编辑：曹振中　罗佐欧
责任校对：郭　平　　**责任印制**：杨　骏
责任设计：侯　铮　　**排版设计**：麒麟传媒

出版发行：文化发展出版社（北京市翠微路 2 号　邮编：100036）
网　　址：www.printhome.com　www.keyin.cn
经　　销：各地新华书店
印　　刷：北京兴星伟业印刷有限公司
开　　本：787mm × 1092mm　1/32
字　　数：123 千字
印　　张：8
印　　次：2016 年 9 月第 1 版　2019 年 2 月第 2 次印刷
定　　价：49.00 元
I S B N ：978-7-5142-1491-8

《北京文学》
重点优秀作品

（以得票多少为序，票数相同以发表时间为序）

【中篇小说】：《暗杀刘青山张子善》作者：李　唯

《朗霞的西街》作者：蒋　韵

《出门远行》作者：孙春平

《蓝名单》作者：杨少衡

《鸭舌帽》作者：尤凤伟

【短篇小说】：《火锅子》作者：铁　凝

《合作》作者：刘庆邦

《老爸的家庭会议》作者：女　真

《秘密》作者：霍　艳

《都市众生》作者：聂鑫森

【报告文学】：《低天空：珠三角女工的痛与爱》作者：丁　燕

《赶考——西柏坡感思》作者：李春雷

《探海蛟龙》作者：陈　新

《绝地上的诞生—— 一个令人发疯的科学神话》作者：陈启文

《落寞夕阳——中国农村留守老人现状采访记》作者：李琭璐

【散　　文】：《谁能够让你站起来》作者：张秀超

《命如蒿草》作者：赵　殷

《小孩，男人，狗》作者：袁劲梅

《亲爱的花朵》作者：安　然

【诗　　歌】：《且行且吟》作者：吴开展

《东方集》作者：黄　梵

《于坚的诗》作者：于　坚

【新人新作】：《二月里来好春光》作者：刘紫剑

《太平湖》作者：李学辉

《原点》作者：周建标

【转载作品】：《晚安玫瑰》作者：迟子建

《第四十圈》作者：邵　丽

《金山寺》作者：尤凤伟

《良霞》作者：李凤群

《世间已无陈金芳》作者：石一枫

《晚祷》作者：蒋　韵

《月煞》作者：孙　频

《种桃种李种春风》作者：余一鸣

《报道》作者：红　日

《莲露》作者：陈　谦

北京文学月刊社

2016年6月

前　言

文学照耀生活，精品点亮人生。

亲爱的读者，此刻呈现在您眼前的这套10卷本作品集，系我社举办的《北京文学》2013年～2014年重点优秀作品评选的上榜之作，囊括了两年间《北京文学》(精彩阅读)和《北京文学·中篇小说月报》发表的文学作品精华，包括

《北京文学》（精彩阅读）的原创中篇小说、短篇小说、报告文学、新人新作、散文和诗歌6大门类的25部优秀作品，以及《北京文学·中篇小说月报》转载的10部优秀中篇小说。这些作品，是经过《北京文学》编辑部严格把关、层层推选出来的。进入初评的候选作品，参考了作品发表之后的社会反响，如转载情况、读者反馈、文学界各方评价等，由《北京文学》编辑部集体讨论确定。终评上榜的优秀作品，由国内著名作家、评论家、编辑家组成的终评委，在集中讨论、充分发表意见基础上，现场无记名投票，按照得票多寡评出。这些作品，题材多样，风格迥异，内蕴丰富，精彩纷呈，作者队伍也实力强劲。在中篇小说、短篇小说、报告文学、散文、诗歌5个门类的30多位获奖作者中，既有铁凝、刘庆邦、迟子建、蒋韵、尤凤伟等知名作家，也有石一枫、孙频、霍艳、陈新等新锐作家，还有袁劲梅、陈谦等活跃的海外华人作家。

此前，《北京文学》曾以“《北京文学》奖”和“老舍散文奖”的形式评选奖励优秀作品，由于近年国家文化主管部门规范各类评奖，从本届评选开始，北京文学月刊社原有的“《北京文学》奖”和“老舍散文奖”合二为一，改为按年度划分的优秀作品评选，对优秀作品资金的扶持力度也大幅度提高。这套10卷本的优秀作品丛书，既是我社对2013年～2014年《北京文学》（精彩阅读）和《北京文学·中篇小说月报》发表作品的一次集中检阅，也是这两年间中国文学精品力作的一次集中呈现，值得广大文学读者阅读和收藏。

北京文学月刊社

2016 年 7 月

目　录

朗霞的西街 |蒋　韵|

蒋韵，女，1954年3月生于太原，籍贯河南开封。1981年毕业于太原师范专科学校中文系。1979年开始发表文学作品，迄今已出版小说、散文随笔等近300万字。主要作品有：长篇小说《隐秘盛开》《栎树的囚徒》《红殇》《闪烁在你的枝头》《我的内陆》，以及小说集《现场逃逸》《失传的游戏》《完美的旅行》和散文随笔集《春天看罗丹》《悠长的邂逅》等。曾获《上海文学》优秀作品奖，《中国作家》大红鹰优秀作品奖等一些文学奖项。蒋韵在我刊发表的《心爱的树》曾获新世纪第三届《北京文学》奖和第四届鲁迅文学奖中篇小说奖。亦有作品被翻译为英、法等文字在海外出版。现为中国作协会员、山西省作协主席团委员、太原市文联副主席、一级作家。山西省作协副主席。

一、"活泼地"

西街是朗霞的家。她家住在西街一个叫"北砖道巷"的小巷子里。从那条小巷子里出来，一抬头，就看到了巍巍的鼓楼——那是这个小城里最醒目也是最壮阔的地标。

鼓楼建于何年何月，朗霞不知道，也从来没想过这一类的问题。在朗霞的眼里，它好像一个自然的、地老天荒永恒的存在，就像城外的田野、远山和那条叫作乌马河的河流。东、西、南、北四条街道，从它巍峨的身下，向四方伸展开来，组成了这小城毫不复杂的端正格局：就是一个初来乍到的陌生人，也很少在这端正清白的小城中迷路。

西街是一条长街，石板路两旁，都是灰砖灰瓦高大的老建筑，长长的出檐，露明柱，坚固的石础。楼上的房屋缩身回去数尺，再宏大的楼宇，看上去也有了一种谨慎而谦恭的姿态，不炫耀，不声张。出檐下，家家挑着两只走马灯，夜晚，走马灯亮起来，无论寒暑冬夏，一团团昏黄的光晕，为夜行人照路。在没有路灯的年代，那是西街的仁慈，也是西街的一点奢侈。

自古以来，这小城，就是东街穷，西街富。

西街上，曾云集了各种商号——这个隆、那个昌，或是什么裕什么泰的。这些商号，都是大买卖，分号设在全省，甚至全国各地，而西街，则是它们的大本营。所以，西街上的商号，从不在这条街上设门面。迎来送往的，都是大客商。也正是因为这个缘故，平日里，这条街，比起店铺商铺鳞次栉比的南街来，反而要幽静，清冷，就像一条不动声色的幽深的大河。

当然，这是在有朗霞之前。从朗霞记事之后，那些个商号，这个隆那个昌的，就都慢慢消失了。有的公私合营，有的干脆没了下落。旧时王谢堂前燕，飞入寻常百姓家，所以，朗霞的西街，已是兴衰史落幕之后的那种家常和平淡。尽管如此，走在西街上，那深宅大院、那在一个孩子眼中分外宏大的楼宇，仍旧有一种掩盖不住的神秘，又神秘又衰败。

朗霞的家，北砖道巷，是西街中腰的一条小横巷，窄窄的、长长的，她家在巷底，独门独院，院门坐西朝东。小小一座四合院，进门就是照壁，拐进去，院子齐齐整整，青砖墁地，北屋前，一左一右，种了一棵石榴一棵丁香。春天，丁香开白花，夏天，石榴开红花，也许是因为这两棵树的缘故，通往后院的月洞门上，一里一外，各凿了两个字，一边是“如云”，一边是“似锦”。这树、这字，从朗霞家买下这宅子时，就穿壁引光在了那里。没人知道，它们已经存在了多少年，也没人知道，种这树凿这字的人，如今又在哪里。

拐进月洞门，就是后院。后院里，有一棵老榆树，有茅厕，还有一个地窖：那是为储存冬菜用的。这黄土地上的小城，几乎家家都有这样一个储存冬菜的地窖，平地里深深地挖下去，再将一侧朝里掏空，如同战时的防空洞。只不过，有的人家讲究一些，用砖将洞碹起来，就像碹窑洞，而大多人家，则是一孔裸窖。那地窖里，冬暖夏凉，盖子一盖，是天然的储藏室。

家家后院，差不多都是这样的格局。

朗霞家有一点不同的地方，说来有趣，那就是，她家的茅厕上方，门楣的条石上，竟也凿了几个字，那几个字是“活泼地”。

幼小时,朗霞不知道那几个字是什么字。后来上了学，念了书，慢慢大起来，每次如厕，进门时一抬头，常常会心地一笑。朗霞想，从前，住在这院子里的人，盖这院子的人，一定是个十分有趣的人。

朗霞自己，则是一个心思细腻的孩子。

这孩子，在西街的这个家里，一直住了十年。本来，她以为自己至少要到十八岁，也就是高中毕业才会离开西街，离开这个叫作“谷城”的小城，却不知道，自己竟会是以那样一种惨烈的方式，和它告别。

马兰花嫁给陈宝印那年，陈宝印还是国军的一个连长。用她娘的话说，人长得还算“排场”，只是，比马兰花大了整整十岁。马兰花刚满十八，而陈宝印则是二十八。马兰花的爹妈，在百里外的小镇，开着一爿小小的杂货铺，当年，陈宝印的部队，就在那里驻防，常常到马家那个杂货铺去买香烟。那个杂货铺，芜杂、阴暗，气味浑浊，却有一朵鲜花又幽静又张扬地生长着。陈宝印托人去马家说媒，马家甚至没有问，陈宝印在自己的家乡有没有结发原配，就一口答应了这门亲事。

穷家小户的闺女，不在乎名分。

陈宝印在家乡，读过几年私塾，通文墨，虽是行伍之人，却也解几分风情。新婚第二天，清早，他学“张敞画眉”，给他的小新娘梳头，他笨手笨脚，捏着桃木梳，生怕扯疼了她。她仍旧有些羞涩，垂着眼皮，不好意思去看镜中的那个男人。他则是费了九牛二虎的气力，也挽不好那个发纂。终于，他放弃了，说，

“这家伙，比打场仗还吃力！”

她笑了。

他看着镜中那张笑脸，觉得自己的心化成了一汪春

水。许久，他对镜中那个甜美的女人说，

“兰花，这一辈子，我要让你不管什么时候想起来，都不后悔嫁给了我……”

就是这句话，这一句新婚燕尔的诺言，让马兰花，心甘情愿为这个男人，去赴汤蹈火。

起初，他们小夫妻住在租来的房子里。他总是换防，他们的家，也就总是搬来搬去。他们俩，就像一对不断迁徙的鸟，东飞西飞。几年下来，她总是坐不住胎，最可惜的一次，一个六个月大的男婴，竟然流产。她非常伤心，他却沉得住气，说，

“我们命里无儿，何必强求子？”

她生气了，问他说，“我们缺了什么德？会命里无儿？”

他长叹一声，说道，“兰花，这兵荒马乱的乱世，我一个扛枪打仗的，朝不保夕，你又何必要一个拖累？”

兰花伸手捂住了他的嘴，一边“呸呸呸”朝地上吐了几口：

“陈宝印，你想得倒美！你要敢让枪子打死你，我追到阎王殿也要把你揪回来！哼，当我不知道？你是怕你地底下结发的黄脸婆一个人凄惶，想去和她做伴了，对吧？”

陈宝印笑了，一把把马兰花搂在怀里，说，“有你这不讲理的小妖精，我哪敢？”

当马兰花再一次有喜的时候，陈宝印终于为妻子买下了谷城的这一处宅院。那时，他晋升成了营长，恰逢房主急于将这宅子脱手，再加上一个得力的中人，陈宝印几乎就像白捡的似的拥有了这小院。正是初夏的季节，小院里，那棵石榴树满树的繁花，云蒸霞蔚，他们俩站在树下，陈宝印说：

“要是生个女儿，就起名叫个‘霞’。”

“要是儿子呢？”马兰花问。

他抬头看了看月洞门，看见了那砖雕上的字，“要是儿子，就叫个‘云’。”他回答。

“怎么听上去也是女里女气的？”马兰花有些不解。

他没有回答。他心里想，“霞”和“云”，都是易逝和易散的东西啊，人的命，又何尝不是？

陈宝印没有来得及看见出生的小女儿，就随同部队匆匆开拔离开了谷城，开赴前线。这一走，就再也没有回来。马兰花知道，只有两种可能，要么是自己的男人战死在了枪林弹雨里，要么，就是随溃兵一起，去了远天远地的台湾。

不管哪一种，都是生死两隔。

朗霞没有见过父亲。但是她并不十分觉得，有个爸爸是件多要紧的事。

不懂事的时候，很小很小的时候，她曾好奇地盘问过母亲，她说，“人家家里都有爸爸，我爸爸呢？”

母亲淡漠地回答，“死了。”

母亲又说，“有爸爸有什么好？你看引娣，她爸爸喝醉了酒，总是打她。”

“哦——”朗霞恍然大悟，点点头。

确实，朗霞没觉得自己的家有什么不好。这个家，除了她和母亲、奶奶之外，再没有别人。奶奶也并不是朗霞的亲奶奶，原是从前家里的老女佣，孔婶，多年来一直跟随着母亲，无儿无女，早已把这个家当成了自己的归宿。母亲在百货公司的门市部站栏柜卖布，薪水不多，但在谷城这样的小城，养活一个三口之家若精打细算还算勉强。再加上，奶奶在家里，除了做饭理家，还会帮人缝缝补补做衣服之类，给家里赚一些零用，也给朗霞，赚来那些吃酸枣面、柿饼、黑枣，以及喝丸子汤的零嘴钱。

何况，她们到底还有一些家底。

奶奶和马兰花，都是那种心灵手巧的女人，也都爱干净。她们的家,永远窗明几净。炕上的油布,纤尘不染，灶台锅盖，让奶奶用一块猪皮，擦拭得如同镜面一样明光明亮。向阳的窗台上，常常有养在清水里静静开花的白菜心或是绿绿的蒜苗，使这捉襟见肘的日子有了一点从容而坦然的底色。院子里，奶奶种了十样锦、喇叭花、萱草和凤仙花。凤仙开花的时节，奶奶会让小小的朗霞坐在小板凳上，用石臼将明矾和凤仙花瓣捣碎，裹在朗霞的十个小手指上，给她染红指甲。

晚风吹过,一朵石榴花落下来,又一朵。青砖的地上,静静地，躺着花朵的尸骸。

起初，有人想来租住他们的东西厢房，说这样也能补贴一些家用，但是马兰花没有答应。马兰花说，再等等吧。

来人说，“兰花呀，你还等什么？莫非等你那死鬼男人还阳？”

马兰花回答，“哎，我实在是舍不得这院子。”

没人知道马兰花等什么。

夏去冬来，又是一年过去了。来年春天，丁香开花时，她作出了一个决定，把半个院子、连同东西厢房一并捐给了公家。只是，她提了个要求，让公家紧沿月洞门边给她砌了一堵墙，又在旁边围墙上，开了一个小小的院门。这样，她们的院子，仍旧算是独门独院，却没有了规整的格局，自然也没有了照壁。狭长、局促的一条，离北房的出檐不足三米，一抬头，就是高墙，碰得眼睛生疼。最可惜的是那两棵树，石榴和丁香，也被阻隔在了高墙之外。奶奶说：

“兰花呀，看看这碰头墙，咱这就像是坐监一样了。”

马兰花说，“横竖是个保不住，婶子，咱得知足。”

奶奶不再吭声。她知道马兰花是对的。

自然，说什么话的人都有。有人说她是假积极，也有人说，寡妇门前是非多，她这样壮士断腕般决绝，是为了堵众人的嘴。当然，更多的人说，她是识时务：一个死了的反动军官的房产，迟早免不了充公的命运，总比等着公家来没收强。

这样的变故，对于幼小的朗霞，几乎是没什么影响的：狭长的小院，也足够她一个人跑跑跳跳。长大的她，其实记不得旧宅院的面貌了。只不过，偶尔，她会做这样一个梦，梦中，她坐在屋檐下小板凳上，裹着十个小手指，看着石榴花，一朵、一朵，静静地，慢慢地，灵魂一般无声飘落，如同命运的寓言。醒来，她会摸到自己脸颊上温暖的泪水。

新开的院门，仍旧朝东，小小的，只有一扇，漆成黑色，和西边的月洞门，打个对脸。

月洞门通往后院，平日，除了如厕，朗霞很少到后院去。

后院有一种荒凉的气息。

总是有杂草，拔也拔不净，年年拔，年年长。当奶奶发牢骚念叨的时候，朗霞就说，“野火烧不尽，春风吹又生嘛！”

奶奶笑了，说，“看这学问大的！”

马兰花说，“这妮子灵秀。”

榆树长在后院，取“有余”的吉意。可是朗霞觉得榆树长得很慢，似乎，它永远都是那样一个瘦硬的样子。只有当它结榆钱的时候，朗霞才对它有几分兴趣，奶奶会捋下榆钱给她们蒸“布烂子”吃。榆钱做的“布烂子”，是朗霞最爱吃的一种面食，比槐花的“布烂子”要好吃很多，槐花太香了，香得鲁莽，而榆钱，则有一种绵长的清香。

榆钱吃过，朗霞就不再理睬榆树了。

榆树下，是她们家的地窖。据说，这地窖挖得还算讲究，当初买这宅院时，就带了这样一个地窖。只不过，朗霞从来也没有下去过，奶奶、妈妈，谁也不准朗霞到地窖里去，奶奶说，那里阴气重，小女孩子进去，会坐病。

秋天，整个谷城都弥漫着大白菜和芥菜的气味。大白菜要下到窖里存储起来，准备一家人吃一个冬季；而芥菜，则是要切碎了浸到缸里腌制酸菜，那是谷城人一天三顿离不了的主菜。朗霞家也不例外，浸酸菜时，妈妈或许会让朗霞插手，帮忙刷刷芥菜头什么的，下窖存冬菜，则完全是奶奶妈妈两个人的事。两个人，妈妈在窖里，奶奶在地面，用一只绑了麻绳的箩筐，将那些白菜们，一棵棵地，输送下去。而朗霞，则远远站着，生怕那不见天日的阴气，或者，不干净的东西，扑着了她。

人人都说，朗霞养得很娇。

想来也是，寡母抚孤，而这“孤”，又是个小妮子，自然是要比别的孩子，娇惯一些。

后来，在朗霞的梦中，后院，那块“活泼地”，常常无声地浮现出来，就像一只阴冷而诡异的眼睛，永远不肯仁慈地闭上。

二、湖洼

朗霞的学校，叫“二完小”。就是“第二完全小学”的意思，也就是说，不仅有初小，还有高小。

“二完小”在小城的东街，是从前城隍庙的旧址。庙里的泥胎神像没有了，而墙壁上却还留有一些残缺不全的壁画。尽管年深日久，这些残画却依然有着鲜明而艳丽的颜色，画着一些仿若戏台上的人物。

每天清早，朗霞和她的同学引娣结伴去学校。引娣家也住在北砖道巷，和朗霞家打对门。引娣姓吴，他们家，大大小小，五个妮子，引娣是老四。不用说，是盼着这个妮子给引来个弟弟。可是，引娣引来的还是个妹妹。一口气五个女儿，让引娣的爸爸老吴，很是沮丧。

老吴从前在南街上开饭馆，临解放前，破产了。如今，他在一家公家单位的食堂里当厨师。他有一手好厨艺，却没有施展的地方：一个公家食堂，做来做去还不就是那几样大锅菜？老吴不顺心，常常借酒浇愁。喝醉了，抬眼一看，一地的丫头片子，更是堵心，觉得自己愧对祖宗，不仅败了家，还绝了后！连个继承香火的人也没了。于是，借酒撒疯，骂老婆，打孩子，砸锅摔碗，弄得女儿们，谁也不愿意在那个家里呆着。

于是，水到渠成的，引娣把对门朗霞的家，当作了自己的家。

引娣比朗霞大一岁，却和朗霞同一年上学，俩人做了同窗。上学之前，引娣从早到晚，总是腻在朗霞家里，就像一棵移栽过来的植物。常常，到吃饭时，引娣也不愿回家，马兰花就留她吃饭。奶奶虽说也心疼这孩子，可也心疼自家的粮食，有时，忍不住会对引娣半真半假地说：

“引娣，下个月我可要去你家要粮票了。”

听到这话，马兰花就对引娣说，“奶奶是说笑话呢。”背过身，对奶奶说道，“婶子，咱不缺孩子这一口吃的，怪可怜的。”

奶奶不知为何，叹口气，不再说话了。

有一天，引娣的大姐吴锦梅敲开了朗霞家的小门，她手里，托着一只粗碗，里面是堆尖的、鲜灵灵的一碗麦黄杏。她对马兰花说：

“婶子，我们学校去农场劳动，这是从树上现摘下来的，给朗霞吃个鲜。”

马兰花忙接过来，一边道谢，只听吴锦梅又说：

“我家引娣，给你们添麻烦了。真是不好意思……”

这话刚一出口，她就红了脸。那难以言喻的少女的羞愧，让马兰花一阵心疼。她忙拉住了吴锦梅的手，说道：

“快别这么说！我家朗霞，就缺个姊妹呢——她俩，就像一对姐妹，我高兴还来不及呢！”

那是黄昏时分，西天上，有淡淡的晚霞，巷子里很静，西街也很静。有种朦胧的光，笼罩着这个清丽的小少女，使她看上去又美又柔弱。马兰花愣了一下，不禁暗想，这样一朵脆弱的花，怎么禁得起吴家那种浑浊日子的揉搓？

就在朗霞和引娣上小学那年，吴锦梅也考取了谷城中学的高中。谷城中学是一所重点中学，不要说在谷城，就连在省城，也是有名的。这件事，在吴家，自然是件值得庆贺的大事，老吴一高兴，吩咐引娣她妈，说，“去，割两斤肉，我今天给咱妮子露一手！”又说，“从前，谁不知道咱‘留芳斋’的酱梅肉，在谷城，那可是在论的：‘至诚号的饼，留芳斋的肉’，说的就是咱的酱梅肉——”可是那天，老吴没等他的酱梅肉蒸好就喝高了，开始激愤地卷人，结果那个庆贺的夜晚，又是以老吴的发疯和引娣们的哭叫而结束。

隔了一条窄巷，这山摇地动的响动，一巷的人，都听见了，更不用说，街门对街门的马家。

暑假将尽的一天，马兰花在巷子里拦住了吴锦梅，把她拉进了自家院门。

“婶儿给你个东西。”马兰花说。

是一件细洋布衬衫，天蓝的底色，上面撒满白色的小花，丁香一般，碎碎的，抖开来，仿佛，一地的清香，缠缠绵绵，丝丝缕缕，扑面而来。马兰花说：

“这是用我的一件旧大褂改的。婶儿不拿你当外人，才敢改给你穿，算是婶儿的一份心……你要是嫌弃，多心，就算你没看见它！”

吴锦梅望着那衬衫，许久，不说话。终于，她无言地脱下了自己的衣裳，把那件天蓝色的新衣，穿上了身。真合身啊。已经发育了的少女的身子，迷人而清香的身子，和这件衣裳，是那么地合适，就像一对知己，惺惺相惜。马兰花点着头笑了：

“我这双眼睛，就是尺子。”

吴锦梅眼睛一热，说，

“婶儿，朗霞真有福气，能做你的女儿……”她说不下去了。

马兰花不知为何也有点鼻酸，她忙岔开了话头，对朗霞说道，

“朗霞呀，你要跟姐姐学，将来，也考上谷城中学才好！”

谷城中学在小南街上。小南街，是切开南街的一条长横街。东边，有这城中最古老的寺庙无边寺；西边，从前的旧文庙，现在则做了谷城中学的校址。

谷城中学，是这城中的风水宝地。

谷城中学的对面，便是从前的旧城墙。城墙残破不全，到处是豁口。南城门也在那里，却早已名存实亡。城墙外，是一片深深的大洼地，谷城人把这里叫作“湖洼”。想来，它从前应该是有水的，或许是池塘，或许是护城河。但现在，这里荒草丛生，成了枪毙人的法场。

枪毙人的时候，谷城的大人小孩儿，熟门熟路地，早早来到湖洼边，抢占一个有利地形，居高临下地，等着看那些五花大绑身插亡命牌的死囚，怎样被子弹将脑壳掀掉。

但平日里，这一片湖洼，则是寂寞荒凉的，鲜有人迹。孩子们不来这里玩耍，羊不来这里吃草。于是，这人血

滋养的湖洼，就成了野草的天堂。那些野艾蒿、白莲蒿、蒲公英之类，长疯了似的，在夕阳残照中，看上去又阴郁又欢畅。

这样的地方，总是生长秘密的。

周香涛是谷城中学的美术教师，他是一个外乡人，从南方一座著名的城市调到了这个小地方，或者，用另一种说法，是“发配”到了这里。这个尚还年轻的艺术家，他和这小城，在精神上，格格不入。这小小的中学，小小的城池，让他感到了人生的局促。他常常在清晨或黄昏，一个人，攀爬到残破的旧城墙上，眺望远方，让没有阻隔的自由的天空，抚慰他被小城的平庸生活所囚禁的眼睛。他喜欢在这无人的城墙之上，写生，画那些流云、飞鸟、田野、在四季中变幻的树木和庄稼，以及远处安静的、蜿蜒的北方河流。

他就这样看到了湖洼边总是穿天蓝色衣衫的那个姑娘。

在晴好的日子里，黄昏，他常常看到她，一个人，坐在湖洼边看书。两条长辫子，垂在她柔软的天蓝色的腰际。不知从哪一天起，他开始在速写簿上画她，一张又一张，画她的背影、侧影，画她脚下的野草，画她和湖洼中盛开的蒲公英，画晚霞中她那一份悠远的宁静……渐渐地，他觉得自己的心，也变得安静下来。

终于，有一天，他也去湖洼边写生了。

偌大的、寂寂无人的湖洼，起了一点微妙的、暧昧的颤动。起初，他们俩，保持着一个安全的距离，互不相扰。后来，有一天，她很自然地来到了他的身后，看到了画面上的那个姑娘，那个陌生的自己。她压抑着心跳，问：

“这张画有名字吗？”

“有，”他回答，“刑场边的花朵。”

他回过头，望着面前这个眼睛漆黑的女孩儿，说，“吴锦梅，我想把它画成一幅油画。”

原来，他早已打听出了她的名字，那当然不是什么困难的事。吴锦梅没有惊讶，也没有故作惊讶，她只是安静地笑了，“还从来没有人画过我呢。我也从来不认识画家。”

事情就这样开始了，一个孤独失意的艺术家，一个“结着丁香般愁怨”的女孩儿，相遇了，注定是要发生点什么。

后来，周香涛问吴锦梅说，“吴锦梅，你为什么要到湖洼去？那里是刑场，你不害怕吗？”

吴锦梅回答道，“我不到湖洼，怎么会遇到你？我是为了诱惑你呀！”

那当然不是真话。

其实，她只是想找一个安静没人的地方，这个孩子，她是被无休无止的吵闹声欺凌怕了，伤害怕了，只要能让她躲开人声和吵闹，到地狱里她也不怕。

这一年，朗霞读二年级了。有一天，马兰花在单位突然肚子疼，同事们把她送进了县医院，诊断是急性阑尾炎，立刻开刀，动了手术。

县医院前身，是教会医院，给她开刀的大夫，姓赵，也是从前医院里的旧人，叫个赵彼得，是这小城的第一把刀。手术做得十分完美，刀口缝合得特别细致。马兰花自然十分感激，出院后，和同事们一商量，给医院送去了一面锦旗。

锦旗送出后，这一天，中午，她正在上班，只见赵大夫走进了门市部，逆着光，这个儒雅的男人身上有一种萧瑟的气息。她忙打招呼，说，“来扯布啊赵大夫？”赵大夫回答说，“啊不，我从这里路过，顺便进来看看，你恢复得怎么样？”

马兰花微微一怔，忙回答，“看让你惦记，好了好了！全好了！你看我这不都上班了？”

“那就好，不过还不能太大意。”赵大夫说。

从此，这个赵大夫，就总是从这门市部前面“路过”，路过了，自然要进来打声招呼，说句话。这个清秀内向的男人，话不多，看上去落落寡欢。那个门市部，上上下下，七八号人，谁也不是傻子，人人心里，明镜高悬。和她相好的姐妹私下就劝马兰花，说：

“兰花呀，这么多年了，不容易，你就朝前走一步吧！赵大夫这样的男人，打着灯笼也不好找啊！”

原来，人人也都知道，这儒雅的赵大夫，五年前死了老婆，一儿一女，儿子在谷城中学读初中，女儿在省城念高中，这些年，多少人给他介绍对象，他都不见，说是还忘不了旧人。

“兰花呀，你也三十大几了，过了这村可没这店了！”

马兰花不吭声。

这天，马兰花下了班，一出门，就看见赵大夫站在街边，显然是在等她。果然，赵大夫看见她就迎了上来，手里攥着两张票。

“一个病人送了我两张电影票，是个新电影，星期六晚上的，不知道你有没有空？”赵大夫这样说。

马兰花想了想，“赵大夫，电影我就不看了，这样吧，礼拜天，你到我家来，我想请你吃个便饭。”

到了这一天，马兰花精心备下了一桌酒馔，她使出了浑身的解数，把家里一个月的肉票、油票，都花光了，还到附近的村里，偷偷买了一只鸡和新鲜的鸡蛋。她包了韭菜猪肉鸡蛋的饺子，炖了鸡，烧了肉，炒了几个小炒，有冷有热，有荤有素，摆下了一桌。中午，赵大夫来了，手里拎了一匣点心，一看，就知道不是本地的点心，是省城老字号“老香村”的南点心。马兰花把赵大夫请上桌，解下围裙，打开了一瓶“竹叶青”，将两只酒盅，斟上，立时，“竹叶青”那股凛冽的清香，扑面而来，几乎熏出人的眼泪。

马兰花双手端起了酒盅，“赵大夫，我先敬你一盅——”她说，“自从我男人死后，这么些年，我还从来没有喝过一口酒。今天，我敬你！赵大夫，赵大哥，你对我的这份心，这份恩义，我马兰花心领了！我不是那种不识好歹的女人，我也知道，今生，怕是再也不能够碰到这样的情分！可是，如今虽说是新社会，可我马兰花是个旧人，当年，我对我的死鬼男人发过誓，生同床，死同穴……虽说他死得不光彩，可谁叫我十八岁就碰上了他？谁叫我在旧社会碰上了他？我认命！”她一仰脖，饮干了杯中的酒，烈酒呛了她，她一阵咳嗽，咳出了眼泪：

“这番话，不合时宜，是落后话，我知道，让人听见了不得了！这么些年我没有和人说过这些过心的话，今天，我和你说了，是因为，我得对得起你这份真心！大哥，莫怪我不识抬举……”她不说了，眼泪滚滚而出。

“当——”一声，条案上的老座钟，响了一声，长长的余音，在阳光照不进来的堂屋里，震颤着。正午的好阳光，被灰砖的高墙，挡住了。这屋里，一切都是旧的，又旧又暗淡。旧的八仙桌、旧的条案、旧的缺了口的粉彩胆瓶，还有，旧的人。赵大夫默默地站起来，端起酒盅，一饮而尽。他是没有酒量的，一杯竹叶青下去，眼睛变得潮湿。

“这杯酒，我喝了。以后，遇到难处、难事，尽管来找我！”说完，他起身而去。

走出她家院门，走进阳光明亮的巷子里，这个儒雅的男人心里慢慢浮起两个字：葬花。是，这是一朵被埋葬的花朵。

他一阵心痛。

朗霞三年级了。三年级的朗霞，蹿了个，细胳膊长腿，细细的小辫儿，正是一个女孩儿将要变成少女的微妙的年龄，也是一个找别扭的年龄。

因为，朗霞不快乐。她不快乐的原因是，她还没有加入少先队。

人家没让她入队的原因是因为她娇气。和同学们比起来，无论穿戴打扮，还是一日三餐，独生女的朗霞，自然显出了优越。何况，她又十分胆小，一只毛毛虫、一只“吊死鬼”就能吓得她尖声惊叫。她瘦弱，没有力气，班级里无论任何劳动她都是落后的。再加上，她的出身，于是，老师觉得她应该经受更多的考验。

最让她难过的是，引娣在她之前戴上了红领巾。两个小伙伴走在一起，引娣胸前那鲜艳的、飘扬的红色，让朗霞觉得无地自容。

她开始折磨自己，也折磨奶奶和妈妈。

奶奶做好了饭，白面和细玉米面二面擦尖，西红柿调和，爆炒土豆丝，可是朗霞，却偏要吃咬不动的红面钢丝面。奶奶蒸好了嵌着红枣的玉米面发糕，可是这个小祖宗，偏要吃掺着麸子和糠皮的窝窝头。奶奶气得骂她，说，“这世上，还有找罪受的人？你就作吧！”马兰花说，“婶子，你就给她蒸掺糠的窝窝，让她吃三天！”

她真吃了三天，糠皮划着她的喉咙，难以下咽。她一声不吭，到最后，一边咽，眼泪一边无声地流。

从前，天一擦黑，妈就不让她再到后院里去了，说小孩子眼睛干净，怕看见不干净的东西。解手，就解在尿盔里。谷城人家，家家都备着这样起夜用的尿盔。但是现在，朗霞临睡前，坚持要一个人去茅厕，奶奶要提着马灯陪伴她，她不让，说，“都是你们，扯我的后腿！”马兰花就说，“婶子，咱不扯她。”于是，她一个人提着马灯穿过月洞门走向黑黢黢的“活泼地”，把灯挂在门上。风吹来，灯一阵摇晃，厕所里，似乎鬼影幢幢。她头皮发炸，想尖叫。但她忍住了。她想，我要勇敢。

终于，她苍白着脸，从那个可疑的世界大汗淋漓走回家，骄傲地对她的亲人宣布，“这世界上，根本就没有鬼！”

她没有看出她们眼中深藏着的忧虑。

这一年，谷城发生了一件事，一个年轻女人伙同她的情夫杀死了自己的丈夫。案情并不复杂，杀人犯很快落网。判决下来了，两个人均被判处死刑。

枪毙他们那天，谷城很轰动。很多人早早地来到了湖洼旁，将那里围了个水泄不通。那天是个星期天，孩子们不上学，大人不上班，人流从北街、西街、东街，如同三条溪流，汩汩地，汇聚到鼓楼之下，再涌到长长的南街上,从那里涌出城。已是深秋的季节,野草衰黄了，远处的庄稼，那些玉米、高粱，那些棉花、甜菜，都已经收割一空。空旷下来的大地，有一种坦荡而辽阔的凄清，还有一种绝情，似乎，再也不想掩藏那些属于人的秘密。

清澈的秋阳下，乌马河明亮地无声流淌，流向汾河。

那是朗霞第一次看杀人，也是第一次来到这湖洼。从前，马兰花不让朗霞到这种凶险的地方，但这一次，为了证明自己的勇敢，朗霞坚决地和引娣，还有几个同学一起出了家门。她们选了一块干净向阳的地方，等啊等，站累了，就坐下来，几个人，嘻嘻哈哈地，在地上玩起了抓羊拐。那羊拐是引娣带来的，小巧、温润，有一面被染成了红色,血的颜色。她们玩得很忘情,有一阵，几乎忘了自己是来干什么。她们背后，是残缺不全的老城墙，不知已是几百岁还是上千岁的年纪，头上，是北方最美好最清澈的秋天的晴空。几个小姑娘，她们玩啊玩，突然间，起了骚动，她们听到了人声，人们喊，来了来了！

刑车来了。

人们等着看的，其实，是那个女人。心狠手辣谋杀亲夫的女人，若是在古代，是要骑木驴的。大街小巷里的人们，几天来兴致勃勃地议论。但是，从刑车上推下来的这个五花大绑的女人，很瘦小，很柔弱，一点也不凶悍，远远地，也看不出她长什么样子。但是，她不害怕，她从囚车上下来，稳稳地，站在地上，甚至还扬起脸，望了一下天空，最后的天空。然后，她顺从地走到了行刑的地方，跪下来，转过脸，去看和她一起上路的情人。可是那个情人，早已瘫成了一团，是被人架着拖到那里去的。他最后的一段路，已经不会自己走。她好像对他说了一句什么，可谁也不知道那是一句什么话，就连行刑的人，似乎，也没有人听清。然后，枪响了。

砰砰，两声。

接下来，是巨大的寂静。

朗霞觉得自己闻到了鲜血的气味，热的血，很腥。

其实，她是不会闻到的，她们离那里那么远。但是，朗霞觉得自己闻到了。

她觉得想呕吐。

这天晚上，她发烧了。马兰花知道她是受了惊吓，她和奶奶商量着要去湖洼给她叫魂。她拿着朗霞的褂子下了炕，朗霞一把拽住了她的胳膊。

“妈，你别去，”朗霞望着她，眼里慢慢涌出泪水，“我求你了——”

她从没有对妈说过这个“求”字。

“同学会笑我……”

她的脸，烧得飞红，嘴唇也是鲜红的，这倒比她平时看上去要鲜艳许多，有种惊悚和让人心疼的艳丽。她眼睛里的神情，又忧伤又软弱，不再是一个孩子任性撒娇的眼睛。马兰花一阵心软，她撂下了那件衣衫，说，“宝，妈不去，妈听你的……”

那一夜，她盘腿坐在炕上，守着这受惊的孩子，给她刮痧，给她冷敷，给她喂水喂药。到后半夜，她的烧终于退了，她就在她身边躺下，像小时候一样，把这孩子紧紧搂在了怀里。黎明时分，她睁开了眼，突然看到，女儿的一双眼睛，睁得大大的，正安静地望着她，是那么黑暗幽深的眼睛。母女俩就那么静静地望着，女儿的鼻息，像小羽毛一样，也是静静的，抚着她的脸。许久，女儿小声地说道：

“妈，你那会儿要是和赵大叔结婚，该多好啊，我就有个不是反动军官的爸爸了……”

“轰”一声，马兰花觉得身体里有什么东西，在崩溃。

三、惊天动地

这个冬天，似乎分外寒冷。雪一场接一场，谷城大街小巷的屋檐上，都挂上了长长的冰凌，在晴朗的日子里，阳光照射着那些冰凌柱，谷城竟然是璀璨的。璀璨而清冽，有一种迷人的气息。

严寒阻隔了一对秘密的情人，他们找不到可以遮蔽他们激情的地方，湖洼被白雪覆盖了，一览无余，广袤的青纱帐倒了，播种了冬小麦的田野，也是一览无余。那隐秘的激情，在空旷的冬天简直无处藏身。虽然，周香涛在学校里有自己的宿舍，那宿舍是温暖的，生着红红的炉火，可他们都知道那很危险。

于是，他们只能在梦中约会。

梦中，他们缠绕在一起，他说，“我的鲜花啊！”

她回答，“是你的，就把她带回家——”可是在梦中，她总是听不到他的回答，她看到他的嘴在动，在说话，却永远听不见他说什么。然后，她就醒了。

总是这样的梦境，热烈，缠绵，无望，漆黑。

她忍受不了这样的折磨，就给他写信，她写道，“想你，想你，想你……”无数个“想你”，然后，偷偷地，把它塞进他宿舍的门缝。但他不能冒这样的险，他只能用眼睛，告诉她他的想念。偶尔，会有那样一个机会，一个借口，她能到他的房间里来，他把她抱在怀里，又珍惜又恐惧。他知道，这柔软而炽烈的、无限美好的身体，其实，是他的罪孽和深渊。

寒假到了，他回了南方。在那个美丽的城市，他的妻子，在等他回去过年。

她知道这一切。

正因为知道，所以，绝望。

她没有勇气一个人去挨过看不到他的那些漫长的黑夜，那个寒假，晚饭后，她变得很喜欢去朗霞家串门。她自己的家，这种时候，常常是孩子哭大人叫，使她忍不住也想发疯。她真想逃啊！可她又能逃到哪里？好在，还有个马兰花，她庆幸还有个马兰花，水一样温存的女人，心有灵犀，却从不多嘴多舌打听别人的闲事或是秘密。冬天的漫漫长夜，在这样的女人身边，盘腿坐在火炕上，让她觉得一直在咬紧牙关、和蚀骨的思念搏杀的自己，变得非常软弱。

昏黄的灯光，照着那些旧家具，幽幽的，有一种老时光的沉静。火炕烧得很旺，一壶水，坐在灶火上，等它慢慢烧开。炉膛里，常常，埋着红薯或是山药蛋，在她们的闲话中，渐渐地，冒出温暖的香气。奶奶用火钳，将吱吱叫着、淌着糖浆的红薯或是皮开肉绽又面又沙的山药蛋夹出来，分给朗霞和引娣，也分给大人们。马兰花盘腿坐在炕上，做针线，补衣服，或者，用劳保发的白线手套，给朗霞织线衣——这样的冬夜，寂寞的冬夜，她就这么安静地过了十几年！吴锦梅望着她，突然有一种说不出的悲悯。

"婶儿，"她轻轻叫了一声，马兰花抬起眼睛，笑着看她，那一双美丽的清水眼，仔细看，眼角边，已经有了细细的鱼尾纹。"问你一句话，你别见怪。"吴锦梅说。

"你问。"马兰花说。

"你甘心吗？"吴锦梅脱口说。

马兰花细细地看看吴锦梅，笑了。那笑，云淡风轻，却又似乎有一些诡异。

“那是婶儿的命。”马兰花回答。

这天，吴锦梅和引娣一起，晚饭后又来到了朗霞家。吴锦梅手里托着一只碗，进门就说：

“婶儿，亲戚从村里来，捎来点儿酒枣，是自己醉的，新鲜。我妈让给朗霞送来一碗。”

“哎呀，你家那么多弟妹，还想着她！”奶奶嘴里客气着。

马兰花则伸手从碗里拈起一颗枣来，丢进了嘴里，说，“嗯，真香，味道很正。”

酒枣摆到了炕桌上，那是一张红漆小炕桌，马兰花用一只平时舍不得用的白色的细瓷碗盛酒枣，顿时，黯然的屋子里亮堂了起来，有了一点鲜艳的生趣。吴锦梅不禁点点头，说：

“要是能画下来，就是一张静物。”

话一出口，她觉得心一痛。

马兰花深深地看了她一眼。

“锦梅，婶儿是个过来人，就劝你一句话：多疼的刀口，结了疤，慢慢也就不疼了……”

吴锦梅险些掉泪。这个马兰花，她心如明镜啊，知道这个少女，这个小城姑娘，正在经受着最疼痛的煎熬。

但那是不能出口的秘密。马兰花知道,所以,她不问。

然后，她们几个人，就围着一张炕桌，吃酒枣。

这是无数个冬夜中最平常的一个夜晚，晴朗、寒冷，没有呼啸的大风，没有落雪。热炕烧得很温暖，灶台上，依旧有一壶咯嗒咯嗒滚着的开水，冒出一缕缕白汽，像从壶嘴里钻出的精灵。它原本没有任何与众不同的地方，没有值得记忆的征兆，但是，吴锦梅却永远、永远地，记住了它。

朗霞和引娣，吃完枣，就在热炕上抓羊拐，还是那副小巧温润的骨头，有一面，染了红颜色。两人玩着玩着，下了地，在堂屋里，唧唧咕咕说笑，不知说些什么。后来大人们都没有太留意，她们俩，提着马灯出了房门。听见门响，奶奶说，“这么冷，这么黑，就在家里解吧，看冻掉耳朵——”

朗霞在外面笑着回了一声，“就不！”

就要过年了，马兰花手里，是朗霞的一件新衣服。中式罩衫，罩棉袄的，蓝底、红色的小碎花。本来平淡无奇的样式，她却别出心裁，用布，压了一道红色的绦子，锁住了四边。顿时，烘云托月，这衣服，绽放了似的，变得新颖，细致。

“婶儿，你手真巧。”吴锦梅这几晚，亲眼看着一块普普通通的花布，一件普普通通的罩衫，突然之间，化腐朽为神奇，她觉得这女人就如同一个谜。

“一年到头，统共这点布票，扯了新布，不花点心思，对不住这布呀。”马兰花笑着回答。

就在这时，一阵急促忙乱的脚步，噔噔噔地，从后院，跑过来。门“砰”一声被撞开了，朗霞和引娣，两个人，惊恐地、连滚带爬似的闯进门，踉踉跄跄挤进东屋，脸色惨白，一进门，引娣就喊：

“鬼！鬼！有鬼——”

说完，“哇——”一声哭了：

“白毛鬼，就在后院，我、我看见了！”她结结巴巴地、抽泣着说。

朗霞不说话。她在发抖，她的牙齿，得得得地敲出那种凛冽而寒冷的声音。她的眼神，直直地，盯着妈妈，却又像是穿过了她望向一个不知道的地方。一种异样的沉寂，一种漫无边际的黑，一种大恐惧，在这屋子里，如同水一样，漫上来，漫上来，淹没了她们的脚、她们的腿、她们的身体。只有引娣的哭声，像没有沉没的桅杆一样，孤独地，露在水面上。

最先开口说话的，是马兰花。马兰花的声音，听上去，有一种虚弱的镇静。马兰花说：

“朗霞，你不是总说，这世界上，没有鬼吗？一定是你们看错了。”

“没错！”说话的还是引娣，她抽泣着，平静了一些，“我看得真真的，就是个鬼，一身白，没有脸，不是，是脸上没有鼻子眼睛……”

“那也不能说明，那就是个鬼。”说话的，是吴锦梅。她沉稳地、安静地望着妹妹，“朗霞说得对，这世界上，根本就没有鬼！”

马兰花看了她一眼，说，“我去看看！”

她穿鞋下炕，吴锦梅也下了炕，说，“我也去。”

“你？”马兰花迟疑一下，“你个姑娘家，不好，你还是在这儿跟引娣做伴儿吧。”

“婶儿，”吴锦梅安静地、意味深长地说，“我根本不信鬼神之说，我陪你去！”

她凛然像一个英雄。那是不能阻挡的。

“行，来吧。”马兰花深深地点点头。

她们去了。从月洞门，从“如云”“似锦”的砖雕下，进了后院，自然，后院里，空空荡荡，一无所有，空旷、干净。只有老榆树，光明磊落地站在那里，还有，被那两个孩子惊恐中扔掉的马灯，躺在厕所旁边的地上，一团心知肚明的光晕，在偶尔吹过的风中，晃动着。“喵——”一声，黑暗中，一只猫嗖地蹿上了墙头，她们看到了一团白影，从墙头上，跑了。

马兰花长舒一口气，说，“原来是只猫啊！”

吴锦梅沉思地望着一览无余的后院，回答说，“也许吧。”

后来，引娣在描述这件事时，信誓旦旦地说，那个鬼，只有一张白脸，却没有五官。

吴锦梅说道，“引娣，你给我说说，你到底看见了什么？是怎么看见的？”

引娣说，“就那么看见了，我们一进后院，他就在后院里站着呢！一身白，闪闪发光，头发那么长，乱飘——”

“没有看错？是不是幻觉？”吴锦梅说。

引娣不知道什么叫幻觉。她叫起来，“你才幻觉呢！

我明明看得真真的，朗霞提着马灯，一下子就照见他了：他闪闪发光，想不看见都不行！一张大白脸，脸上没有鼻子眼睛！大姐，你说，那是个什么鬼？”

“引娣，这世界上，根本就没有鬼。”吴锦梅这样对她说。

“那、那他是个什么？”引娣不解地问。

“猫。”吴锦梅回答，“大白猫。”

“瞎说！”引娣叫起来，“哪有那么大的猫？除非它是猫变的鬼！”

“引娣，”吴锦梅脸色变得十分严肃，“那就是个猫！还有，这件事，你出去，千万不要跟人讲，听见没有？”

“为啥？”引娣问。她被姐姐的严肃震慑住了。

“你想啊，你是个少先队员，跟人家说这些见鬼见神的话，人家会说你没有觉悟。”吴锦梅这样回答。

引娣想想，然后，点点头。

这一晚，马兰花却什么也没有问朗霞，但注定，这不再会是一个宁静的平常的夜。朗霞沉默地躺在炕上，大睁着眼睛，怔怔地，望着屋顶。这沉默让马兰花担忧，也让她害怕。不知过了多久，马兰花终于小心翼翼地，开了口：

"宝——"

"嗯？"

"宝，那是猫。"

朗霞不回答。

"我看见了，锦梅也看见了，是只大白猫。"马兰花小心地重复着。

朗霞不说话。可是，她知道，不是猫。她在心里说了，不是猫。世界上，没有那样的猫。她的马灯，清晰地，照出了他雪白的身影，那么高大、真实、惊愕……对，他是那样真实而惊愕地望着突然出现的她们，那一刹那，她觉得全身的血，都从她的脚底流走了。可同时，又有一种奇异的感觉，她不明白的东西，让她的心，狂跳不已……

不是猫，她想，不是。

突然袭来的恐惧让她全身冰冷。

"妈，"她轻轻说话了，"你，有没有什么事情，在瞒着我呀？"

"你瞎想什么？我有什么事情，要瞒着你？"马兰花这样回答。

"真的？"

“假的！”马兰花笑了，紧紧搂住了她，“宝，别瞎想了，睡吧。平安无事……”

她终于在母亲温暖而安全的怀抱里闭上了眼睛。黑暗中，她没有看见，马兰花眼睛里的泪水。

立春不久，开学了。谷城中学校团总支书记在这个新学期伊始接到了一封来信。写信人没有署名，内容是揭发该校某个女学生的，说这个学生受资产阶级影响，思想道德败坏，生活作风下流，勾引有妇之夫，破坏别人家庭，等等。建议开除这个女学生的团籍。

信是从邮局寄来的，邮戳很模糊，仔细辨认，却怎么也辨认不出它来自什么地方。

可是，也不能放任不管啊！于是，团总支书记找来了这个女学生，对她说：

“吴锦梅，你有没有什么事情，需要对团组织讲清楚的？”

“是什么事情啊？”吴锦梅一脸清纯无辜地问。

其实，她已经知道了事情的来龙去脉。信，是周香涛的老婆写的。此番他回家，不知怎么，让他老婆发现了他生活中这个秘密的女人。他老婆对他说，“我要摧毁她。”

他哀求，甚至下跪，向他老婆保证一定和她断绝关系……然而，她还是寄了一封匿名信来。他老婆说，我已经手下留情了，没有牵扯出你，而且，寄信的地址，也让我做了手脚。

团总支书记说，“吴锦梅，若要人不知，除非已莫为。你今天先回去，好好想想，写一份思想认识。明天，我们再继续谈。你是愿意和我一个人谈呢，还是想在团组织的生活会上，公开谈呢？”

那天晚上，晚自习过后，吴锦梅在破城门洞下，悄悄地，想等来那个闯祸的男人，但是，他没来。

她知道，这种时候，他来，是冒险，他来，真的有可能毁掉他们俩。可是，她还是傻气地，在这个尚还寒冷的初春，茫然无助地等着一个救赎。

她自然没有写那份思想认识。她想，怎么过这一关呢？这是她人生的第一个大难关啊！她苦苦地、苦苦地想了一夜，想，怎样可以让他们两人，从悬崖边脱身，从深渊边脱身？她想啊想，两只大眼睛，瞪着糊了粉莲纸的窗户，还没有发芽的枯树，剪影一般，把它瘦硬的枝条，映在了窗上，那黑黑的影子，慢慢地，变浅，变淡……天就要亮了。在微明的天光中，她一夜未合的眼睛，血红血红，就像，落在陷阱中兽的眼睛。

当书记再次和她谈话的时候，看见她那双眼睛，心里似乎有了一些底。书记说：

“吴锦梅，你还是没有什么事情，要和组织讲清楚的吗？”

她低下了头，许久，眼泪一滴一滴地，滴下来，那是一些特别沉重的泪水。她慢慢抬起头，透过蒙的泪眼，望着书记，说道：

“有事情……我隐瞒了一件事，我、我很痛苦……”

这件事，一出口，惊天动地。

人，是在半月后的一个深夜，落网的。公安人员包围了北砖道巷，冲进后院，在地窖里，抓获了那个鬼。无数只雪亮的手电筒，那种特制的聚光手电筒，像光的天罗地网，让那个鬼，无处遁形。

白发、白须，似乎，连浓浓的眉毛都是白的，身上，磷光闪闪，强光让他睁不开眼睛……

同时被捕的，还有他的妻子，马兰花。

小小的谷城，如同一只钟，“嗡——”的一声，震动了，震惊了。天哪，谁能想到，就在他们的眼皮子底下，隐藏了这样一个天大的秘密，天大的罪行！镇反的时候，枪毙了那么多反革命、特务，抓了那么多反革命，居然，还是有漏网之鱼！

这个女人，这个马兰花，真厉害呀！平日里，出来进去，看上去那么绵善，那么清秀，弱不禁风，却谁知，心里藏了这么大的事，一藏，藏了这么些年！她竟然藏着这样的秘密，和整个时代，也和整个谷城，挑衅。

怪不得她不改嫁，怪不得她宁愿捐房也不让院子里住进来租户，真相大白之后，人人都成了事后诸葛亮。一点一滴地，想起她往日许多可疑之处。比如，从不爱串门，不爱和人闲话，不爱聊东家长西家短，还以为她真是谨守妇道呢，原来，是怕祸从口出。

据说，从那个他藏身的地窖里，没有搜出炸药或是电台之类，也没有密码本什么的。他不是个特务，他只是个军人。

没有什么能够证明他身份的东西，只有一张传单，黄色的纸张，很久远的纸张，又皱又破旧，上面有陈年的血迹，压在他的枕头下面，上面这样写着：

"国军的弟兄们：放下武器，回家团圆！"

还有一小瓶毒药。

四、守墓人

那天深夜，当陈宝印敲开谷城西街的家门时，马兰花简直不敢相信自己的眼睛。眼前这个像是从天上掉下来的男人，又黑又瘦，一身便装，背个褡裢，像个走街串巷的小生意人。“天爷呀！”她惊叫一声，他忙用自己的身体堵住了她的惊叫。

那一夜，不满两岁的朗霞，熟睡着，孔婶把她抱到了自己的房里。这一对劫后余生的夫妻，在黑暗中，心惊肉跳地缠绵。马兰花一次又一次地问道：

“是你吗？宝印？真是你？”

陈宝印回答说，“是我，兰花，是我。”

“不是你的魂？”

“不是，不是，有你，我不敢死。”

马兰花哭了，“我以为你让打死了，要不就是撤到台湾了，我以为，再也见不到你了！”

眼泪，像滚烫的蜡油一样，滴在他的胸口。他们在自家的炕上，紧紧紧紧依偎在一起。他告诉她他的经历，城破时，他没有被俘，也没有像有些弟兄们那样，自尽，原本，上面是发给了他们这些守城的官兵毒药的，一人一个小玻璃瓶，里面是剧毒，意思是，要让他们和那城共存亡。他原本也没想过要偷生，他毕竟是个军人，可是，在最后的时刻，鬼使神差，一份传单，被风吹到了他脚下。这样的传单，本来，在阵地上，有很多，是解放军的攻心战术。他捡了起来，上面，有新鲜的血迹，不知是哪个弟兄的血，只见那上面写着那句话：

“国军的弟兄们：放下武器，回家团圆！”

刹那间，他崩溃了，想起了西街，想起了马兰花，和他还没有见过的小女儿，一阵心痛。他把那张纸，揣进了衣兜，把毒药瓶，也揣进了衣兜。他想，就是死，也得让我再看一眼她们，再死。

城破时，他躲进了城中一个相识的朋友家中，换了一身便装，几天后，趁乱，出了城。他不敢贸然回已经解放的谷城去，一路向南奔逃。乘车、乘船、徒步，惊险重重，总算，来到了一个可以让他远走高飞的地方。那时他身上还藏了几条“黄鱼”，他用“黄鱼”换来了一张去台湾的船票。当他把那张珍贵的船票拿在手中，他犹豫了。他想，就这样只身离开，什么时候，才能再见到亲人呢？而他，留下这条命，原本，是为了再和她们相见啊。

于是，他做出了一个让多少等船票的人瞠目结舌的举动，他让出了自己的船票，毅然北返。

多少人劝他，说，“留得青山在，不怕没柴烧。只要你人活着，还怕没见面的那一天吗？”他想，是，不错，可是，那一天是哪一天呢？谁知道它有多遥远？

他一路向北，回谷城。他这样想，回去把妻子和女儿接出来，再想办法南逃，去台湾或者香港。他不知道自己这想法有多么天真！北归的路，一次次地，被阻隔，是那样艰辛和漫长，在已经解放的土地上，一个身份可疑的人，简直寸步难行。他乔装成跑单帮的，去北方，收购羊毛，旱路、水路、汽车、火车、牛车，毛驴，过长江、过淮河、过黄河，不知走了多长时间。一路，有许多次，他都以为自己被识破了，却终于又化险为夷。等他在一个黄昏，终于远远地，看见了矗立在河谷平原上安静的鼓楼，魂牵梦绕的谷城的标记，他落泪了。他想，谷城啊，我回来了！这样想的时候，他满心的悲凉，此刻，他已经清楚地知道，入了这城中，凶多吉少。

他在城外的青纱帐里，一直躲到了夜深人静，怕的是白天进城被人认出。谷城太小了，是个没有秘密的地方。那已经是秋天，高粱红了，玉茭子黄了，谷子也黄了。夜风吹来，拂面的都是庄稼的清香。他掰下一穗玉茭，扯去皮衣，一口咬下，那清甜的粮食、清甜的汁水，霎时，溢满口腔，也逼出了他的泪水……四周，一片虫鸣，他抬头看着天空，真干净，满天的星星，亮得像是要滴落一般，真美！他一个行伍之人，枪林弹雨中厮杀的人，从来，也不知道，头上的天空，原来，可以让人这样心软、心疼。他想，行，死在这样的天空下面，也不枉这一场跋涉。

马兰花哭了。她把脸，深深埋进他的胸膛，她说，“你呀，你呀，你可真傻！你为啥不走？你为啥要回来啊！”

他回答，“我放不下你。”

“可是，你这一回来，天罗地网的，就走不成了呀！”马兰花说。

“听天由命吧，”他回答，“本来，城破的时候，我就该死。现在，见着了你，死，我也能闭眼了——”

“不！”马兰花激烈地用巴掌捂住了他的嘴，“别说这样的话，别说死、死的！你本来能活，你本来都逃出去了呀，你要是这样丢了命，我可怎么活？你说你身上有毒药，在哪儿？你把它给我。”

马兰花从他贴身的衣服里，摸到了那只小瓶。她把那小瓶紧紧握在了手心，她的手，一直颤抖，她说：

“这药,让我保管。真到了不得已的时候,哥,咱们俩,一人一半。”

他没有再多说什么，他只是更紧、更心疼地，搂住了他的女人。

天就要亮了，他们俩，茫然地望着渐渐发白的窗外，望着那个就要醒来的谷城，他们知道，此刻，他已是一只困兽。

起初，马兰花和孔婶，将他藏在了西厢房的一间小屋里，那房间，外面挂了铜锁，朗霞推不开。可终究是不安全的，院子里，总是会有人进来，有街坊，也有公家的人，来说一些公家的事。有一天，通知说要挨家挨户检查卫生，马兰花知道，那西厢房，是藏不住了。

这天，夜深人静，朗霞睡熟了，马兰花和他，提着马灯,静悄悄下了后院的地窖。他们真庆幸,从前的房主，将这地窖，挖得不仅宽敞，还碹了砖，看上去就像一间密室。白天，马兰花和孔婶，已经将它收拾整理了出来：她们卸下了一扇窄门板，放在地上，做了床铺。为防潮，给他在厚厚的棉褥子上，还铺了一块狗皮褥。搬来了一张小炕桌，支在床褥旁，上面放了吃饭的碗筷和一盏麻油灯。她心酸地打量着这不见天日的地方，说：

“委屈你了。”

他笑了，说，“这比战壕里强一百倍呢。”

她知道他是在宽慰她，“就先这样，”她说，“天无绝人之路，总会有办法的。”

隐隐地，她确实觉得有个“办法”，不清晰，或者，她还下不了决心，那就是，劝他……自首。

这个解放了的社会，平心而论，马兰花觉得，还真不错。干净、温暖，没有人欺负人。

可是，很快地，镇反运动就来了。

谷城也开始枪毙人，南城外湖洼做了刑场。人们用军用卡车，把那些人，拉到了湖洼里。马兰花也去看过一回行刑，十几人，并排跪在雪地里，枪响的时候，她别过脸，闭上了眼睛。等她再睁眼，她看见了雪地上的血，那么猩红，刺目，疼。她从不知道，血，也能把人的眼睛刺伤……

她看了布告，看见死了的人，有国军的连长，比陈宝印的官职，还要小。她吓坏了。当晚，她发起了高烧。

孔婶守在她身边，守了一夜。给她刮痧、放血……清早，她的烧退了，她望着孔婶，说：

“婶儿，我求你一件事。”

“孩子，你说。”孔婶回答。

她从被窝里，伸出了两只手，把孔婶的手，紧紧握住了，她原本鲜艳的嘴唇，被一夜的高烧，烧得爆出了白花花一层皮。她望着孔婶，说道：

“婶儿,你要答应我,将来,不管啥时候,万一,万一出了事，你一定要一口咬定，你什么也不知道！”

孔婶愣了一下,然后,她慢慢地点头,“我懂。”她说。

“你答应我！”

“我应下了。”

“婶儿，真到那时候，你要替我，替我们养大朗霞，我无人可托，我父母都不在了，只能拜托你了！”

“孩子,闺女,咱不说丧气话。可真要有个啥,你放心，朗霞，她就是我的亲孙女！”孔婶安静地含着眼泪这样回答。

马兰花就这样开始，守住了那个黑暗的大秘密，被它折磨、伤害。也许，她曾经有机会救赎自己，也救赎丈夫，可她错过了，她没有登上救赎的那列车，看着它，风驰电掣驶过了自己的站台。那是时代的列车，而她，做了一个旧时代的守墓人。

引娣后来一遍又一遍地追问吴锦梅，她说：

“你告诉我，不让我和别人说白毛鬼的事，是不是你那时候就知道，那是朗霞的爸爸？”

吴锦梅回答，“不知道。”

“你不让我说，可你自己为什么要说？”引娣直直地望着姐姐的眼睛。

“你不懂。”吴锦梅回答。

“对，”引娣说道，“我就是不懂。”

“我是共青团员，我不能包庇反革命。我不让你对别人说，是我一时糊涂，丧失了觉悟，行了吧？”吴锦梅望着妹妹的脸，叹口气，“我知道，朗霞是你最好的朋友——”

“别跟我提朗霞！”引娣冲着吴锦梅大叫一声，打断了她的话，她愤愤地瞪了姐姐一眼，跑走了。

跑出了家门，引娣才知道，现在，没有什么地方，是她可去的了。

这么多年，引娣习惯了，一出家门，就往朗霞家钻。

算来，她长了十一岁，在朗霞家在马兰花婶婶家的时间，甚至，比在自己家还要长，还要久。那简直就是她的另一个家……可是现在，那个家，她再也不能去了。

对面，黑色的街门，关闭着，里面无声无息，如同坟墓。好多天了，她没有看见过朗霞，朗霞不出门，也没有见她再去上学。她好像，从谷城消失了一样。她呆呆地望着那寂静无声的街门，突然一阵委屈和愤怒：原来，那个反革命，天天和她们在一起啊！可是自己一点都不知道，还当他是个鬼……

她冲过去，抬起脚，噔噔噔，踢那个街门，一边踢一边喊，“反革命！反革命！反革命！反革命！”吴锦梅从她家院里跑出来，抱住了她，吴锦梅说：

“引娣，你别发疯！”

引娣不踢了，她住了脚，抬起脸，吴锦梅惊愕地看见，她的妹妹，泪流满面。妹妹泪流满面地看着她，说道：

“这下，你高兴了吧？”

五、小燕子，穿花衣

其实，那天，引娣和朗霞在后院撞上陈宝印之后，马兰花就知道，事情，就快走到头了。

第二天，半夜，她悄悄下到了地窖。看到他，她什么也没有说，只是默默搂住了他。这些年，随着朗霞的长大，再加上时局和必需的警觉，他们俩见面的时间，越来越少。她只是在每天的晚上，用一只拴了绳子的竹筐，把他的茶饭，送下地窖。再用一只水桶，将他的便盆，提上来，倒掉，刷洗干净，再放下去。他们在黑暗中，沉默无声地完成着一套生活的程序，无比默契。

他们依偎着坐在他的“床铺”上，一盏煤油灯，幽幽地，将他俩的身影，放大了，投在墙上，有一种惊心动魄的变形和黑。身下，那床狗皮褥子，如今，早已磨掉了毛，磨薄了，有了破洞。马兰花用手轻轻地抚摸那褥子，说道：

“宝印，八年了吧？”

陈宝印回答，“是，两千九百二十多天了。”

一句话，使马兰花几乎垂泪。她抬眼望着他，那个从前英气勃勃的男人，她含着眼泪对他笑笑，说：

“我带了剪子来，我给你铰铰头发。”

他说，“好。”

她用手巾，围住了他的脖领，她开始给他剪头发。咔嚓、咔嚓，咔嚓，一缕一缕长长的白发，落下来，落在地上，渐渐地，地上，就积起了一层霜雪。那层霜雪，让马兰花心如刀割。她剪不下去了，从身后，抱住了他，把他白发苍苍的头，搂在了自己的胸前，像搂一个孩子。

“你真傻啊，你当初，为什么要回来呀！”她哭了。

陈宝印闭上了眼睛，感受着那团热烘烘馨香的血肉，亲人的血肉，这是那个世界的味道，那个有天空、有大地、有日月星辰、有白昼、有光明的世界。许久，他轻轻说道，

“别这么说，兰花，能在你身边，多活这么多日子，值了！”

“这不见天日的日子，不值啊！”

陈宝印微笑了，“你没听人说过那句话吗？牡丹花下死，做鬼也风流啊！”

他玩笑地，说出了那个“死”字。那个字，让马兰花心里一哆嗦。

“还有，不管怎么说，我也算是‘看’着我的孩子长大了……”他又笑笑，“昨天，我看见她了，那个个子高些、提灯的闺女，我一听声音就知道是她……她，吓坏了吧？”他的声音，突然哽住了。

从下到这地窖那一天，八年来，这是他第一次看见

朗霞。可是，她的声音，他是烂熟于心的。从奶声奶气的小闺女的牙牙学语，说，“榆钱儿，七（吃）榆钱儿——”到后来日益的流利、清脆，明亮，那声音，就像照在他身上的阳光，就像鸟语花香，就像流云和溪水。那是命运对这个不见天日的男人最大的恩赐，那是——神光。

他记得，第一次，在窖里，突然听见了她的声音，她说的就是那句，“奶奶，榆钱儿，七（吃）榆钱儿——”他像被炸药炸中一样，有一种四散纷飞的感觉。他甚至感到了鼓膜的巨痛，他的耳朵，一下子，承受不了这样的幸福……等那声音终于、终于消失之后，他有生以来第一次，号啕大哭。

从此，在那些个难挨的白昼，他等待着奇迹，等待着，偶尔的，那个声音的降临，等待着阳光照进没有光明的深深的地窖。显然，她是不常深入地走进这个后院的，所以，每一次，才都更像是一个节日。他记得，那差不多是一年多之前，他甚至听到了她唱歌，她一个人，不知因为什么，来到了后院，一遍一遍地，反反复复地，唱着这么几句：

小燕子，穿花衣，

年年春天来这里。

我问燕子你为啥来?

燕子说，这里的春天最美丽……

这是一支他从没听过的歌，也是他这一辈子听过的最好听的歌。她细细的清亮的童声，就像又清又温暖的溪水一样，没住了他的脚、他的腿、他的身子，小鱼在他的腿间，游来游去，身旁，是红花绿草的河岸……他想，天堂，大概就是这个样子吧?

其实，他知道，陈宝印知道，马兰花说的，是对的。当初，他要是不回古城，要是乘上了那只渡海的航船，他也就不会这样拖累他的亲人们。可是，晚了，回不去了，他永远登不上那条船了。

这一夜，马兰花为他剪了头发，剪了胡须，没有剃刀，所以，她尽量修剪出形状。他看上去，清爽了许多，精神了许多。马兰花盯着他看、看，看了许久，说道：

“还是个好看的男人。”

泪水夺眶而出。

那一夜，她留下来了。他们挤在那张地铺上，紧紧相拥。她如同波涛一样吞噬着他，激荡着他……他热泪横流地说，“值了！”他又说，“牡丹花下死，做鬼也风流啊！”

他知道，他和她都知道，那是最后的、最后的生死缠绕。

天亮前，兰花走了，临走，留下了一样东西，她说：

“哥，我完璧归赵。”

是那只小药瓶。里面，装的是——毒药。

她背对着他，说，“宝印，这辈子欠你的，下辈子补报吧！”

她走了。天要亮了。油灯的光焰，一闪一闪，在这个地心里，是永远没有白天的。他沉思地，久久地，望着那个小瓶，心里一片雪地般的宁静。解脱，现在，变得是这么容易的事，可是，后面的事，怎么办呢？马兰花一个女人，将如何隐藏他的尸首？家里藏着一具尸体，一旦败露，那会有怎样的后果？

陈宝印，你别无选择。他想。

当地窖门被公安人员打开的时候，那些手电筒雪亮的光柱，天罗地网一样罩住他的时候，陈宝印想，现在，我可以死在阳光下了。

六、赵彼得

枪毙陈宝印那天，谷城自然是倾城出动。那已经是夏天的时候，城外的田野，小麦已经开始秀穗。到处矗立起了那种炼铁炼钢的土高炉，冒着浓郁的黑烟。先是开了公审大会，然后，游街示众，最后，自然是拉到了城外湖洼。

而马兰花，则因为包庇、窝藏反革命，被判处五年徒刑。

那一天，西街北砖道巷，朗霞家的门，关得紧紧的，就像一座坟墓。

那天，破天荒地，最喜欢看各种热闹的引娣，没有跟她的同学们一起，去湖洼看行刑。她一个人，在自己家小院的石桌上,玩抓羊拐。一个人不停地抓,不停地抓。

吴锦梅也没有出门。她坐在炕上，透过玻璃窗，看着院子里那个沉默的妹妹。她想起了那个冬夜，酒枣的红、瓷盘的白，如同静物一般的画面，那么鲜明，没有丝毫污浊。还有那些朴素却悠长的食物香气，让人踏实和温暖。回不去了，她想。这样温暖而单纯的冬夜，永远回不去了。

炕上，一只箱子里，最底层，压着那件天蓝色开白丁香的衣衫。一切，都是从它开始的。一切。

不久，奶奶带着朗霞，回奶奶的老家去了。

奶奶的老家，在这个省份的北部，那里是山区，寒冷、干旱，出产莜麦和山药蛋。出门，一抬头，可以看见残破的烽火台，还有，古长城的残迹。

出事后，朗霞大病一场。病后，她对奶奶说，“奶奶，你带我走吧。”

奶奶说，“宝，咱走。”

奶奶又说，“城外，那条大河，朝北，走到头，就是奶奶的老家。”

朗霞说，“好。咱们走到头。”

奶奶用最快的时间，处理了善后的事宜。房子，已经是公家的了，家具，带不走，卖了。这一天，一大早，祖孙俩，奶奶挎着大包袱，朗霞挎着小包袱，出了家门，去长途汽车站。这是出事后，朗霞第一次走出那个院子。奶奶回身习惯地掩紧了院门，上了锁。听到“咔嗒”一声响，朗霞在心里淡漠地说了一声，永别了。

出了小巷，来到西街上，一别脸，就看见了鼓楼，那么巍峨、高大，那么冷漠、无情。朗霞不动声色看了它一眼，扭过了头——她庆幸离开的时候可以不必穿过它的身下。现在，鼓楼在她的身后了，一步比一步远了。就在这时，她听到了一阵脚步声，嗒嗒嗒地，从背后追上来，一只手，拉了一下她的胳膊。

她回头，看见了引娣。

引娣望着她，眼睛红红的，什么也没有说，只是沉默地拉过她一只手，把自己手里的东西，放到了朗霞的手上。

是那几只羊拐。

洁白、温润如玉，有一面，涂染成了红色，血的颜色。那是引娣不离身的唯一的宝贝。

然后，就跑走了。

朗霞握着那几只羊拐，朝前走，一下也不回头。她不敢回头，她怕鼓楼看见她突然涌上来的满眼泪水，她怕西街看见她的泪水。

有一个意想不到的人，在长途汽车站，等着她们。

是赵大夫。

赵大夫说，“大婶儿，你给我留个地址，我也好和你们联系。”

奶奶说，“不必了，赵大夫，不给你添麻烦了。”

赵大夫说，“大婶儿，这都是为了孩子。”

他拿着笔和纸，固执地要求着。奶奶哭了。她抹了一把眼泪，说出了那地名、村名。奶奶说：

“有你这句话，我代兰花谢谢你。”

朗霞默默地站在一边，就好像没看见发生的这一切。

赵大夫拿过了奶奶手里的大包袱，又去拿朗霞的小包袱，朗霞躲开了。奶奶对赵大夫轻轻摇摇头。出事以后，朗霞就是这样，对一切人，关上了她的心。她什么都不问，什么都不说，不哭，不闹。就连生病，也生得那么安静。她安静得让人害怕，仿佛，那安静，是另一个世界的安静，是极地的雪原，凛冽、寒冷、死寂。

这个萍水相逢的男人，把这一老一小，送上了北行的长途汽车。他给了奶奶一包吃的东西，他说：

“大婶儿，保重——”

他向她们招手，车开了很远之后，他仍然那样站着。只是，朗霞根本就没有回头。

后来，车行到半路上，到打尖的时候，奶奶给朗霞找东西吃，打开了他送的那包吃食，“啊”地叫了一声，原来，里面还塞了五十元钱。对她们而言，那无疑是一笔雪中送炭的巨款。奶奶落泪了。

朗霞对奶奶说，“奶奶，别哭，不值得。”

她这么说着，一边打开车窗，把她一直握在手里的羊拐，温润如玉的、朋友的宝贝，从车窗里，一把扔了出去，扔在了身后。

“我恨谷城，”她说，“我恨——我妈！”

那时，她不知道，她的妈妈，马兰花，已经生病了。她没能熬过五年的刑期，在饥荒的六十年代初，病死在了狱中。

尾声　满树榆钱

新世纪，谷城外，开辟出了一片公墓。和所有新式的墓园一样，这依山坡而建叫作“永安”的墓园里，乍一看，就像是密密的一片碑林。这一天，墓园里来了两个外乡人，两个女人，母女俩，母亲六十开外，女儿，则看不出年龄，很时尚且貌美如花。

她们来祭典一个亡者。

那亡者姓赵，墓碑上刻着他的名字：赵彼得。

她们带来了鲜花、水果、酒以及纸钱。母亲亲自奠酒，她将斟满的酒杯举起来，说道：

“赵叔叔，给您敬酒了！”

然后，恭恭敬敬地，将那杯酒，洒在了墓碑前。

“赵叔叔，您不认识我了吧？我是——朗霞，您看，时间过得多快，一眨眼，我也是六十岁的人了！您活着的时候，我没有跟您说过一个‘谢’字，没有亲笔给您写过一封信——您寄来钱，回信，都是奶奶求人代写！……这世上，恐怕，再找不出比我更无情更绝情的人了吧？可是，我这么无情，您一点也不计较，还是照样年年寄钱来！叔叔，我嘴里不说，其实，我心里一直在问，这世上，怎么还会有您这样的人？这个让我害怕、让我恨的人世，怎么还会有您这样的人？您和我们，非亲非故啊！叔叔，不瞒您说，要不是您，我不知道今天的朗霞会是什么样。每次，在我最痛苦在我熬不下去的时候，在我想做坏事想做恶事想做狠毒的事想堕落的时候，我就想，给我一个理由，让我不作恶！叔叔，您，就是那个理由，我总是不由自主想起您，我想，这个世界，不是还有一个赵叔叔吗？一个有赵叔叔的世界，就没有坏到底……”

她眼睛里，闪烁出了泪光，可是她的声音，仍旧安静、沉静，她沉静地说出了这一番话，显然，是她身边的亲人，她的女儿，从没有听到过的。女儿惊讶地望望她，又望望墓碑。只见她从手袋里，掏出一样东西，是一个小小的、破旧的小本子，几十年前，孩子们常用的那种笔记本：

“奶奶活着的时候，您寄来的每一笔钱，她都要清清楚楚记在这个小本子上，她老人家临终前，把它交到了我手里，对我说，‘孩子，这是一个账本，这账本上，记的不是钱，是咱娘儿俩，欠人家的恩义！将来，有一天，你要替奶奶，去当面谢谢人家的这份恩德！’……可这么多年了，我一直没有来，因为，当着您的面，我说不出那个‘谢’字，那个字，太轻，太轻，太轻了！……但现在，我的女儿，就要远嫁到法国去了，她临行前，我想，我得带她来，向您辞个行，把这个账本，交到她手里，告诉她这个账本的故事，告诉她，她的妈妈，这一生，欠您的恩义……”她说不下去了，慢慢地，跪下，抱住了墓碑。

铭恩，戴铭恩，她的女儿，在突然之间，明白了自己名字的来历。明白了自己的——前史。

太阳真好，是北方难得的晴朗的春日，风和日丽。墓园很宁静，四周一片鸟鸣。远远望去，这里那里，一树一树的桃花，一树一树的泡桐花，一树一树的丁香，还有，不知名字的那些山野的花朵，绽放着，北方春天的艳情，似乎，总是这样的嘹亮和直抒胸臆。也因此，它的秘密，才可能埋藏得更深、更隐秘。

比起相邻的那座举世闻名的古城，谷城显然要沉寂许多，大概也是这个缘故，它才有可能，保留下来一些从前真实生活的痕迹。

比如，西街。比如，鼓楼。

西街上，旧式的楼檐下，没有像那些旅游景点一样，悬挂起一盏盏大红灯笼，弄成电视剧布景的模样。仔细看，楼檐下，这一家或是那一家，还有一两盏从前的走马灯，挂在那里，破得不像样，可是，有沧桑的好看。

还比如，旧宅。

朗霞惊讶地发现，尽管，那座小院，破旧得不成样子，简直如同废墟，尽管，它看上去变得十分狭小、拥挤，尽管，厕所的后墙早已坍塌了一堵，可是，可是，迎面那门框的条石上，那三个凿刻的字，那三个屡屡闯入她梦中的字，经过了五十年的风吹雨打，竟然还在，她一看到那三个字，眼睛就潮湿了。

“活泼地”啊。

“是朗霞吧？”突然，身后传来了这样一个声音。

她扭过头，看见了一个老女人，高高的，瘦瘦的，小脸盘，皱纹很深，烫着碎碎的一头小卷儿，正眯着眼打量她。

朗霞脱口叫出了那个名字，她说，“引娣。”

“啊呀！”引娣叫起来，“真是你呀，朗霞，我从鼓楼那里，就跟上你啦！我心想，会是朗霞吗？可别叫错人呀——”

她们俩，昔日的小伙伴，五十年前的小伙伴，站在那里，你看我，我看你，笑着，时光的大河，在她们身边，汩汩地流，她们都听到了那惊心的声响。

“你过得好吗？朗霞，”引娣含着眼泪问。

“很好，”朗霞回答，“你呢？引娣，你过得好吗？”

引娣笑了，她没有回答朗霞的问话，却说：

“朗霞，我就知道你一定会回来的，我就知道。”

“你怎么知道？”朗霞也笑了，“连我自己也不知道啊。”

“你这不是回来了吗？”引娣说，“前几天，我看见婶儿啦，婶儿回来了，就站在那儿，站在那棵榆树下，说，‘你看，结榆钱了，满树都是榆钱儿，朗霞最喜欢吃榆钱蒸的布烂子了！’我一看，真是！那棵树，死了好多年了，可今年，呀，又活了！你看，这满树的榆钱儿，结得多好！今晚上，我给你做榆钱儿布烂子吃。”

“你说谁？”朗霞问，“谁回来了？”

“婶儿啊，”引娣回答，“马兰花大婶儿啊！她有时候会回来看看。”

正午的大太阳，朗照着，唰的一下，朗霞感到全身如同有一股电流通过。那棵老榆树，她的故交，原来，是它在召唤着她，它用满树繁密的榆钱儿、用它死而复生的深情厚意，召唤着她。也许，不是它，是——母亲。她看见树下的母亲了，站在那里，年轻，美丽，像榆钱儿般清香，望着她，忧伤地微笑。

她拉过了身后的女儿，说道，“妈妈，这是您外孙女。”

然后，她哭了。

2013年4月22日于太原

出门远行 |孙春平|

孙春平，男，满族，1950年生，中国作家协会会员，一级作家。当过知青、铁路工人、锦州市文联主席、辽宁省作协副主席。著有长篇小说《江心无岛》《蟹之谣》《县委书记》，中短篇小说集《路劫》《老天有眼》《怕羞的木头》《公务员内参》等，作品曾获骏马奖、东北文学奖、辽宁文学奖、《小说月报》百花奖、《中篇小说选刊》优秀作品奖、《人民文学》奖、《中国作家》奖、《上海文学》奖、小小说“金麻雀奖”等奖项。另有影视剧编剧《爱情二十年》《欢乐农家》《金色农家》等多部集。

1

十余年前，满世界的人正在饶有兴致地争论新世纪应该从2000年算起，还是从2001年算起的时候，一天早晨，罗玉林蹬神牛送儿子上学，路上碰到了开出租车的妻子孟芙蓉。孟芙蓉吩咐，你送完孩子回趟家。罗玉林自然是满心欣喜地答应了，按他的心思，妻子肯定是想做工间操了。上一次是什么时候呢？记不清了，总有两三个月了吧，想活动活动身子骨也正常，才三十几岁，哪就到了六根清静的年龄呢。在纺织厂时，每到上午十点，厂里的大喇叭准时播放第七套广播体操的旋律，还有那“一二三四,二二三四”的口令，许多职工跑出去，或在厂办公大楼前的广场，或在各车间门外的空地，在抑扬顿挫的口令声中，伸胳膊伸腿，舒展腰身。但工间操只限于厂科室的干部，各车间也只限于坐在办公桌前的管理人员，跟生产一线的职工不沾边。一线工人整天在机台前穿梭忙碌，早累得腰酸腿疼，还用得着去做操吗？再说，隆隆作响的机器怎么能停下来呢？当然，似乎捡了便宜的工友们难免还是要卖卖乖的，尤其是男人们，说，我在家也做操，但都是在夜里，有时早晨也做。有人一脸坏笑地答话，说，你有本事把那八节都做下来吗？答话人说，有选择地做一半就不错了，跳跃运动肯定做不来。这样的对话肯定是引起男人们的开怀大笑，女工们听到了，也掩嘴窃笑，有时还要低声笑骂，不要脸。回到家里,罗玉林把这些话说给妻子,孟芙蓉也是笑，但笑过后却叹息，还是当干部好啊。

把儿子送进校门后，罗玉林掉头往家里赶，路上，遇上两拨打车的，罗玉林笑着摇头拒载，身后便传来不满的讥嘲，说，不就是个蹬神牛的嘛，还真就牛起来了呀？罗玉林迎着初升的太阳，心中充盈的满是喜悦与兴奋，仰脖还以哈哈一笑，把三轮车蹬得飕飕一阵风。但转而又在心里算计，原先厂里那些干部做工间操，可都是带薪的，自己这般奔家而去，成本也他妈的太高了吧。先说媳妇，早晨六点接车，这一阵正是活计好的时候，紧打紧算就算耽误一个钟头，起码少拉两个活儿，二三十块钱总是亏了。再算算自己，那可不是三两个活的事了，男人比不得女人，做完操后难免要死猪样睡上一觉，那一觉是多长时间？又白扔了几个活计？两人加一块儿，三五十总要打水漂的。罗玉林知道自己这是在斤斤计较，很菜贩子味很小家子气，上不得台面，世界上哪有跟正宗的结发夫妻做做操还要搞成本核算，算计合不合算的呢？传出去不让人笑掉大牙才怪。

孟芙蓉开出租车，跑的是白班，早六晚五，正常情况下，刨去油钱和份子钱，一天能剩三五十。之所以选了白班，一是担心夜里不安全，二就是考虑照顾刚上初一的儿子。儿子放学时，妈妈也交车了，正好在家陪伴。当初，夫妇俩本打算都去开出租的，可到出租车公司报名时，工作人员说，为了照顾下岗工人，一个家庭我们只能安排一人，你们两口子自己考虑吧。罗玉林蹬神牛则是全天候，不舍昼夜，而且越是夜深那一段越好揽活。北口市下岗的工人多，蹬三轮的自然也多，拥堵了街道，影响了城市形象，于是警察和城管便规定街道，便驱赶惩罚，有时市里逼得紧，还没收“作案”工具。入夜了，警察和城管也要回家喘口气，三轮车夫们才得以敌退我进地扩展一下创收空间。为了多挣两个钱，罗玉林常常是半夜时分才回家，那时辰，媳妇已带儿子在双人床上沉沉入睡了，又累又困的他只好睡到儿子的房间去。有时，罗玉林也曾动过念头，去床前拨媳妇，可睡意正浓的孟芙蓉说，烦不烦人呀，你不怕把孩子闹醒呀？那事，就像三轮车，要是一个轮子瘪了胎，其他轮子再怎样鼓溜，也是难有作为的。

罗玉林兴冲冲进了家门，径奔南屋看床铺。床铺上整整齐齐，还是早晨起时自己收拾出来的模样。再看北面的小房间，见孟芙蓉坐在儿子的小书桌前，正怔怔地看着一家三口的照片，身上仍是开车的那身衣裳，也没换一换。罗玉林心里沉了沉，在儿子的床边坐下。看来是自己想美了，其实根本不是那么回事。他说，看来是老佛爷另有事吩咐，说吧。

孟芙蓉仍眼望着照片，脸上是近乎冷漠的平静：“日子不能再这么过，没个头呀。得另想想办法了。”

罗玉林仍在调侃：“奴才谨听懿旨，认真照办就是。”自从两人结婚后，家里的事基本都是由孟芙蓉拿主意，套用相声里的话说，男人主大事，女人管小事。问题是，家里一直没有多大的事。

孟芙蓉转过身，眼睛仍低垂着，说：“我要出趟远门。这个家和孩子就都得扔给你了。”

罗玉林心里紧了紧，这就不是小事了。他问：“是想去南方，还是想出国卖工夫？那可都需要钱，没多也得有少。”

孟芙蓉说：“我什么都不要。房子给你留下，家里的钱我一分也不动。但我走之前，你要陪我去办个证件，咱俩离婚吧。”

犹如一个焦雷在头顶上方炸响。罗玉林惊怔之后跳起身，嚷道：“不想过就不过，扯什么骚犊子！不是外头有人了吧？”

孟芙蓉的神情仍是冷漠平静，说：“最多十年，我会回来。如果你不嫌弃，咱们三口人还是一家子。”

罗玉林继续嚷："这个日子怎么就不能过了？不过是苦点累点，可冻着你饿着你了吗？你不愿意跑出租，就把车给我，你留在家里带孩子，享清福！"

孟芙蓉说："不是日子不能过了，我是不想再这么过了。你想想看，十年后，孩子怎么办？他要上大学，他要娶妻生子，也跟我们一样苦挣苦拽地将就？"

"能活一块儿活，大不了一块儿死，有什么了不得！反正我不离！"罗玉林跺脚喊。

"你别喊了吧，没用。我既已下定了决心，就不会变了。"

罗玉林努力让自己冷静些，问："那你给我说实话，在外面，你是不是已经找好下家了？"

"是，有，我不瞒你。不过请你放心，在离婚证没拿到手之前，我不会让我的丈夫戴绿帽子。"

"他是谁？告诉我！"罗玉林又豹子一般躁怒起来。

孟芙蓉摇摇头，起身进了南屋，将屋门闩严了。罗玉林追过去，又是擂门又是喊，你休想！我就不离，死也不离！孟芙蓉没有回应，屋子里却传出有什么东西击打在人身上的嘭嘭声。罗玉林再一次傻了，刚才也没好好看看，莫不是南屋里还藏着什么人？那是谁打谁呢？

紧接着，又是砰的一声暴响，像是啤酒瓶子炸裂，还有哗啦啦的玻璃碴子溅落声。罗玉林来不及多想，奋力一脚踹去，房门顿开。只见孟芙蓉坐在床边，低垂着头，披散的发际间有鲜血流出来，缓缓的，像虫子在爬，流到脸上，又滴到地上。地上是破碎的啤酒瓶子，还有家里的那根大擀面杖。罗玉林扑过去，揽住孟芙蓉的身子，痛心疾首地说，“不好好过日子，你可做　啥呀？”

孟芙蓉推开罗玉林，从怀里摸出手机，打出去，先报了地址，然后说，有人受伤，请马上来人。

原来她有手机！她是什么时候买的手机？

窗外很快响起 120 救护车的声响，又有白色衣褂人员挟着担架冲进屋来。孟芙蓉挣扎着站起身，扶着墙一瘸一拐地往外走，对医护人员说，不用担架，扶扶我就行。医护人员的眼神扫向罗玉林，里面满是厌恶与憎恨，轻声问，要不要打 110？孟芙蓉摇头说，两口子打架，算了吧。大不了是个离。又对拥在门外的邻居们凄苦一笑说，真是对不住，惊着大家啦。罗玉林挤到跟前去，想背妻子下楼，孟芙蓉说，你把家里好好收拾收拾，可别扎了你和孩子。我就不回来了，午后两点，我在民政局门前等你。户口本在我手里，别忘了带上你的身份证。

人们散去，屋子里重归安静。罗玉林只觉站不住，蹲下去，泪水不可遏止地涌出来，在地上汪出一大摊。一个家，说散就散，原来这么简单。老婆不惜自伤自残，擀面杖和啤酒瓶肯定都是事先备在南屋的，她是想以此做出家庭暴力的假象给别人看，还是在宣告这婚非离不可的决心呢……

2

罗玉林和孟芙蓉来自同一座县城的同一所高中，因为在不同班级，在学校时并无交往，仅限于能叫出彼此的名字。学校里很多人都叫得出孟芙蓉的名字，那是因为她长得漂亮，还因为她是学校里的领操员；也有很多人都叫得出罗玉林的名字，那是因为他篮球打得好，尤其是远距离投篮，对方最怕让他出手，出手就是三分！那个年月，大学没扩招，大学生还是货真价实的天之骄子，只可惜，高考榜陆续公布的时候，两人都因只差那么三五分而名落孙山。两人正在沮丧地犹豫着要不要复读来年再搏的时候，学校通知回校开会。那天，来开会的近百名学生挤在只能装四五十人的教室里，都站着，主持开会的教导主任也站着。左右看看，一个个的命运大同小异，或只差上那么几分，或志愿报高了缺少梯次后备，落魄的凤凰等同鸡，一个个都垂头丧气。教导主任说，来开会的都是我们经过严格筛选的高水准的落榜生，有打算来年再考的，我们支持，提前祝贺金榜高中，现在就可以退出了。不准备复读再考的，学校则给大家提供另一个机会。北口市职业高中和北口纺织厂决定开设两个纺织专业班，一个班只招男生，学习机械保全；另一个班只招女生，学习纺织挡车。这是定向培养，学期两年，成绩合格者，将全部成为北口纺织厂的工人，转为城市户口,端铁饭碗,按月领取工资。请同学们注意，北口纺织厂可是国营企业呀，站在我身边的这位领导就是北纺的人事科长……

正值暑期，一个教室里拥进近百号人，本来就热得让人难受，听了教导主任的这一番话，立时就沸腾了。少数人出去了，估计那是要复读重考，不舍大学梦的。罗玉林左右扫了一眼，发现留下来的多是乡下来的同学。乡下人更务实，年三十的饺子固然好吃，但那要拼要争，况且未必抢得到手，雪白的大馒头眼下已放在面前唾手可得，白面馒头总比那苞米面大饼子好吃吧。再说，乡下孩子的最大理想就是当个城里人，念完大学不也就是个城里人吗？有人问，又念两年书，那毕业后给的可是大学文凭？教导主任说，我刚才已经说得很清楚了，我们读的学校是职业高中，高中，明白吗？想拿大学文凭的还是来年再考吧。同学们笑起来，那笑声很开心。

因为开心，报过名的同学又在校园里逗留了一阵，散去时太阳已经压了西山。罗玉林是骑自行车经过县城街道时，见孟芙蓉站在路边人群里，在等去乡下的大客车。大客车一天两往返，这个时间应该是等最后一班了。这班车以前自己也坐过，看来，孟芙蓉的家跟自己家是同一方向。这般想着，罗玉林便下了车，第一次大大方方地跟孟芙蓉说话，说，孟芙蓉，以前我们是校友，以后就是工友了。等车的人这么多，上了车也难有座位，我看不如咱们一起走，你坐我的二等可好？孟芙蓉的脸腾地变成了火烧云，慌慌地向四周溜了一眼，走到罗玉林身边，小声说，先一起走走吧，出了城再说。

就是那脸红和柔柔的轻声，让罗玉林心跳起来，竟跳得比刚撤下篮球场还欢腾。她为什么羞涩呢？又为什么要出了城才坐二等呢？一下子，两人竟都没了话，罗玉林推车走在街道边，孟芙蓉则有意慢上几步，在人行道上独自行走。读高中这几年，不时听说哪位男生和哪个女生好上了，但罗玉林却从没想过交女朋友，那时他的心思全在高考上。只有高考才是人生的希望，也只有考上了大学，自己才有资格挑选女朋友。若最终还是回到乡下撸锄杠，那只能在乡下娶老婆了。

出了城，路上人少了，罗玉林回头看了一眼，孟芙蓉快步赶上来，很轻巧地坐在了自行车后座上。先还是小心地揪着罗玉林的后衣襟，后来便轻轻揽住了他的腰。两人的话也多起来。罗玉林说，纺织厂的领导真聪明，放着职业高中现成的学生不培养，却来捞我们这些大学漏子。孟芙蓉说，职高的学生是高中漏子，大学漏子的含金量肯定高于高中漏子，放着现成的便宜谁不捡呀？你再想想看，北口市里的高中好几所，大学漏子肯定少不了，他们为什么舍近求远来咱们县里招工人呀？这个问题罗玉林可没想过，他问为什么。孟芙蓉说，他们一是知道乡下的孩子能吃苦；二是知道县里学生的智商并不差，只是输在教育资源不均衡上。如果咱们俩也是从小在城里的学校念书，这次未必落榜。咱们乡下的孩子就好比山上的蚕，想破茧成蝶真是难呀！罗玉林同意孟芙蓉的分析，说，到底是孔孟家族的后人，看问题一针见血自有见地。听说孔孟家起名字一辈又一辈，都是有谱系的，中间那个字祖上就给排好序了，比如昭、宪、令什么的，你为什么别出心裁了呢？孟芙蓉说，那叫族谱。我爸说，中间那个字固定了，名字就容易重复了，重名重姓没意思，咱们何苦非钻那个古套套？他喜欢毛主席诗词里的那句，“我欲因之梦寥廓，芙蓉国里尽朝晖。”梦想的梦和姓孟的孟是同一个音，所以就叫我孟芙蓉了。谁知我这辈子是不是只能在梦里才能见到芙蓉国呀……

那天。罗玉林绕路一直将孟芙蓉送到她家的村庄，自己才回的家。因有了这一节，两人到了职高时，就觉亲近了许多。有不少男生和年轻的男教师发现身边盛开着一朵漂亮的芙蓉花，自然围上来。孟芙蓉找到罗玉林，说，以后没事时，你能不能陪在我身边？那些人太烦人，就像苍蝇似的，轰也轰不开。罗玉林怔了怔，笑了，说，我可是一只大个儿的绿头蝇呀。孟芙蓉的脸腾地又红了，赌气地一扭身走开了，说，你别后悔就行！罗玉林追上去，说，那我以后就是韦驮了，行吧？孟芙蓉问，韦驮是谁？罗玉林说，没逛过大庙呀？站在主殿大佛后面的那位，手执金钢杵，护法神将。

两年后，学员们进了北口纺织厂，孟芙蓉当了挡车工，罗玉林当了保全工，果然都有了城市户口，端起了铁饭碗。两月后的一天，下班时，工人们走出车间大门，见厂人事科长手执电喇叭大声喊，厂里最近进了一台叉车，准备挑选一位驾驶员！厂里决定，只在女工中挑选，二十五岁以下，自愿报名！有参选者，现在就留下来跟我走！

乡下来的女孩子以前只梦想进城当工人，没想进了车间，才知挡车工是那么辛苦。一个班要在机台前跑上十来个小时，眼不得闲，手不得闲，两条腿更累得酸疼。尤其是，棉纺车间里粉尘大，看不见的絮绒绒飘浮在空气里，不用等一个班次干下来，嗓眼里早干干痒痒地想咳，怪不得每月要发半斤木耳当保健，听说那东西能把肚子里的绒绒打下来。听说开叉车可躲离车间，一大群女孩子立刻跟着人事科长走。哎哟哟，几十比一呀，这个大彩球能落到谁的头上呢？

厂运输队队长已候在厂里的篮球场上，旁边还停了一台叉车。厂里的叉车不少，卸棉包，送纱锭，装卸专用线送进来的火车皮，东奔西窜，见缝插针，叉起大货件起起落落，看了让人惊羡。运输队长让女孩子们站在场边看台上，自己站在叉车前讲操作原理，哪里管进，哪里管退，哪里管拐弯转圈，哪里管叉位升降。讲完了，运输队长便问，哪位想来试试？女工们多是摇头，也有几位坐上去，还笨手笨脚地开出几步。等到孟芙蓉坐上去，情景就不一样了。起初，叉车也像从没上过套的生犊子，跌跌撞撞，愣头愣脑，但很快，生犊子就变成了温顺的耕牛，只是那两只大铁叉还不敢轻易升降。运输队长问，你以前开过叉车吧？孟芙蓉摇头答，没，以前只是在乡下家里开过小四轮。人们轰地笑起来，小四轮是一种小型拖拉机，当时在农村已很普及。运输队长说，还不知你叫什么名字，你回去跟车间主任说一声，明天来运输队报到。又对大家摆摆手说，都散了吧，想来运输队的，以后再等机会。人们却不散，有人喊，开叉车还挑模样呀？运输队长说，这个小孟同志在方向盘上的感觉特别好。你们也别不服气，天下三百六十行，哪行都得看天分。一样的活计，有人一搭眼，就有了个武把操，可也有的人，吭哧瘪肚地操练半年，照样笨笨呵呵。就说你们挡车工接纱线断头，也是这么个理儿吧？运输队长这么一说，人们便不吭声了，纷纷散去。

到了纺织厂不久，罗玉林也成了香饽饽，身后不时有女工追，不光有年轻的，还有那些大姐大姨们。纺织行业是女人的天下，男女比例不止三比七，甚至是二比八。罗玉林身高一米八，模样俊朗，手脚勤快，技术上也如他投球般精准，进步飞快。再加他为人本分朴实，从不见他在女工面前嘻皮笑脸，这些都是那个年月女工心目中好男人的标准。年轻的追他是明送秋波直抛绣球，大姐大姨们则是保媒牵线当月下老人。女人们有了一些年纪，多好这一口，没办法。这回是罗玉林求到孟芙蓉了，说，下班后你也实行人盯人战术吧，我快招架不住了。孟芙蓉脸又红，说，我可别耽误了你的好姻缘。罗玉林说，这话我也正想说，你要真相中了哪只臭苍蝇，那就别管我。

在纺织厂的那几年，是罗玉林和孟芙蓉人生中最美好最值得回味的时光。三年后，两人在城里租了一间小房，有了自己的家。一年后，孟芙蓉生下一男孩，七斤八两，全须全尾，一无瑕疵。私下里，男工友逗罗玉林，你小子可是太准了，入栏就是儿子，这个球可不止三分，就叫孩子球球吧。罗玉林哈哈一笑，果然就喊儿子球球。又三年，厂里的新建住宅楼告峻。因罗玉林连年都是厂里先进生产者，还防止一次重大事故荣立了三等功，分房计分榜上高出一截，有幸分得了一套五十多平米的旧楼房。再三年，满社会都实行公房产权改革，罗玉林和孟芙蓉将攒的几千元钱倾囊交出，那套房便成了私人的产权。产权证到手那一天，孟芙蓉说，一直到今天，咱们才真成了城里人呀！罗玉林说，北纺对咱俩不薄，豁出命来好好干吧！

3

北方纺织厂是个中型企业，职工五六千人。从仓库库门上方留下的石刻“株式会社”字迹上看，可知始建于日伪时期。在中等城市北口，北纺厂声名显赫，每到节假日有群众游行时，总会单独组建一支颇具规模的队伍，尤其是女工方队，清一色的雪白衣褂工作帽，在清脆整齐的口号声中，手中的彩旗起起落落，给城市平添了几分喜兴与欢乐。

谁也没想到，突然有一天，报纸和电视里有了企业体制改革的提法。又突然有一天，厂里召开职工代表大会，宣布北纺厂从此改制，变为民营企业，厂长不再叫厂长，而是叫董事长兼总经理，工人们的政治待遇、福利待遇和工资制度一切不变。工人们惊愕了一些日子，也就释然了，它愿叫什么叫什么，只要药罐子里没换药，只要还是按月给我们开工资，那就是外甥打灯笼，照旧

(舅)。“文化大革命”时比这折腾得凶不凶？连党委和政府都不叫了，叫革命委员会。后来怎样？还不耍猴似的，扔了锣鼓和衣冠，也就停止了把戏。当官的还不就是这样，哪个上来不耍出点新花样，还能显出他的水平吗？那就耍吧，只要别换药就行。

但时间只过去不到一年，职工们就感觉这回竟是真的换药了，而且换得还相当彻底。先是听说北纺在城郊又建了分厂，叫北斗纺织总公司，还从国外引进不少新设备，电脑控制。哟，鸟枪换成机关炮，也好，有了规模就有了效益，锅里的肉汤稠了，大家都能跟着长长膘。没想，新厂从老厂调去一部分工人，剪彩开工后，老厂的职工才傻了眼。又是职工代表大会，宣布老厂的职工要有一部分放长假，理由是老厂人员臃肿，设备老化，总体效益低下，不能适应市场竞争的需要。又宣布，下岗的职工须在限定的三个月内买断工龄，每年四百元，用于自谋职业，另求发展。工人们怔怔神，猛地醒过梦来，妈的，这是把咱们当成包袱，老太太擤大鼻涕，甩了。不是说换汤不换药吗？不是说大船难掉头，但也不容易沉，怎么说沉就沉了呢？醒过梦来的工人们一潮又一潮地去市政府请愿，市领导把工人代表请进楼里，苦口婆心地劝说、讲解、宽慰，说，这是大势所趋，工人阶级理应为推进改革大业作出一些牺牲，现在各地的中小型企业都在转制，又不只是你们北纺一家。再后来，厂里总算作出一些妥协，说，要不要买断工龄，工人们可以自主选择。想买断的，可随时回厂办手续领票子；不想买的还是北纺厂的职工，但还是要放长假，厂里将用放长假职工的基本生活费为其交付社会保险，等男六十女五十五后再按月领取退休金。

关于要不要买断工龄，罗玉林和孟芙蓉的意见还是高度一致的——不买！两人合一块儿，不就一万多元钱吗？不买就还是北纺的工人，不买就存着不定哪天仍重回厂里当工人的希望。若是买断了，那真就断了一切念想，应和了当时正流行的一个段子和一首歌，小太监捂裆，一剪没（《一剪梅》）了。

在放长假的最初时光，孟芙蓉当过钟点工，主要是去有钱的人家打扫卫生。罗玉林则走街串巷，扯着嗓子吆喝擦洗吸油烟机。纺织厂的保全工干这个，有点像关公抡刀卖西瓜，好歹也算专业对口。问题主要出在孟芙蓉身上，她还年轻，三十出头，身材与容貌也漂亮，说风韵犹存还为时尚早。赶上雇主家只剩男主人时，男人们不管年龄大小，不时露出拈花惹草的本性，或借着上前帮忙挨挨蹭蹭，或装作开玩笑用语言挑逗。为这事，孟芙蓉没少回家抹眼泪。罗玉林说，咱俩一起干吧，谁再敢扯用不着的，看我不修理他！没想，当两人同时出现在雇主面前时，客气点的说，我们这里只需一个人。不客气的则说，我们家人口少，怕照看不过来。妈的，好像谁要背着他们偷什么似的。

接下来，两口子又搞了两三年烧烤。找昔日的工友焊上一个烤炉，白日里备足木炭和烤料，夜里便可寻一处路口开业了。北口市虽不大，却是交通要道，南来北往的商贾在此中转逗留的不少。入夜，坐到路边，就着啤酒，吃着五花八门的烧烤，味道独特，价钱便宜，又体验了别一种风情。北口市下岗的工人多，一时间无着无落，为了生存，便有许多人投入了这一行当，投入小，收益快，立竿见影。入行的人一多，便要竞争，这一竞争，就把北口的烧烤业搞得风起云涌有了特色。烤炉上不光烤传统的羊肉串，还烤鸡脖，烤凤翅（鸡翅膀）、烤蛤蜊、烤鸽子，还烤羊蛋（睾丸），据说那东西壮阳，颇见奇效。再后来，连韭菜、芸豆都上串烤了。罗玉林、孟芙蓉把烧烤生意做得不错，两口子白天采购备料，入夜后笑迎八方。不可意处只在孩子，球球已上小学了，入夜后不能不留人在家陪伴，只能等孩子入睡后才去帮助收拾残局。按常理，留在家里的应该是妈妈，但很快，两口子发现，只有女主人出现在烤摊上时，生意才会好。原来客人们不光品尝烧烤，还要餐食秀色。在严酷的生存现实面前，罗玉林只好痛苦地选择效益，退居二线，也正好趁着儿子写作业的时候在电视机前看看篮球比赛，重温一下昔日的快乐与激情。在炙热的炭火烤灼下，孟芙蓉俊秀的面庞皮实了许多，已经轻易不再理会男人们的轻薄与撩拨。有客人挑着烤好的羊蛋问，这玩意儿真壮阳呀？孟芙蓉答，你吃过就知道了。客人再问，前几天我就吃过，也没见效果呀？答，那你多吃几回，连续吃。又问，你男人是不是常吃这东西呀？答，下岗工人只配喝粥，高档消费是你们有钱人的事。有客人撩拨得更露骨，我媳妇要是像你一样年轻漂亮，是不是这东西才见效果呀？孟芙蓉站起身给别人送啤酒，故意大着声音回答，我不光怕警察扫黄，更怕你媳妇撒泼。大哥吃完就快回家去吧，嫂子还在家等你呢，可别让别人浑水摸了鱼。那回答像清凉的夜风一样掠过，引起人们的笑声。

那样的时光也只维持了两三年。城市烧烤大蔓延，虽说暂时缓解了下岗工人再就业的压力，但城市的面貌也大打了折扣。一入夜，城市上空蒸腾起来的烟雾，不光让各级领导脸上无光，也让居民们不堪忍受，一次又一次结队去政府门前抗议。城管执法人员出动了，大卡车开来，一拨人如狼似虎，先是用塑料桶咕咚咕咚浇灭炭火，大铁叉随后跟上来，将那炭炉、椅凳统统甩到车上去，秋风扫落叶一样干净。谁挨上那么一次，一两个月的辛苦就算付之东流了，况且，那秋风不屈不挠，刮过今夜刮明夜，哪个守夜摊的人抗得住那般毫不留情的“清洗劫掠”？

当然，人民政府除了有秋风扫落叶的冷酷无情，也要送上春天般的温暖。城市里成立了安置下岗工人的出租汽车公司，因招募人员有限，条件便苛刻，双职工都下岗的优先，曾荣获厂以上先进的人也优先。这两条罗玉林都具备，自是大喜，两口子带齐了各种证件，一起去报名。没想人家又给出了一个条件，一个家庭只可安排一人。罗玉林对孟芙蓉说，那就你上，正好你在厂运输队时就考下了驾驶证。孟芙蓉说，还是你上吧，驾驶证好考，出租车公司不是说培训吗？罗玉林说，家里的钱正好还够买辆神牛，我力气现成，这事又不是下馆子，别客气了。

神牛遍地是北口市的又一特色，和烧烤盛行出于同样的原因。什么东西多了都是灾，市政府对遍地的神牛也要管,管的办法却只能睁只眼闭只眼,限时限路。不然，那么多下岗工人的生存也是问题。孟芙蓉说，要是咱们自己能买辆车就好了，咱俩自己换着开，歇人不歇马。罗玉林说，想得美，钱呢？买辆车总得十来万，有那钱，咱俩还不如开家烧烤店呢。孟芙蓉说，我有时开着车，常会生出一种害怕的感觉，就好像前面路面上突然出现一道壕沟，一不小心，就可能栽下去。罗玉林说，你开车的技术好，多加点小心，不会的。孟芙蓉说，你没明白我的意思。要是突然之间，咱们急需一笔钱，也不需太多，只一两万，这道沟坎咱们怕就过不去了。罗玉林安慰说，咱俩都是乡下孩子出身，什么苦没吃过，从今往后，咱们再刮刮肠勒勒肚，一月攒上五百元，那一年就是六千，有十年工夫，也有六万了，再加利息，兴许也能买上一辆自己的出租车。孟芙蓉苦笑说，我开车时常听客人说，钱已经毛起来了，而且还要迎风涨，不用看别的，光看青菜价就知道了。据我所知，眼下再想买车跑出租，可不是咱们刚下岗时的行情了。市里已下了闸，除了领导特批，再不签发出租车从业资格证和治安许可通知单。只怕咱们好不容易攒下的那几万元钱，想找人送礼都不够。罗玉林叹道，那我就老老实实当骆驼祥子，蹬神牛吧。

事情果然如孟芙蓉忧虑的那样，沟坎一道接一道地来了。先是儿子小学升初中。球球脑子好使，成绩不错，班级前三，年级排名十二，但市里有规定，小升初按学区分配。两口子不甘心，球球是读书的料，不能再像他爸他妈那样委屈，输在教育资源分配不公上。打听到了，实验中学某副校长的夫人是早些年北纺厂的管库员，当年死缠滥打要给罗玉林介绍对象的众多阿姨大姐中的一个，可见对罗玉林的印象不错。两口子狠了心，把家里的积蓄掏出来，买海参，买六个头一斤的正宗野生对虾，买名烟名酒，一次又一次地找上门去。老大姐还念旧情，逼着副校长表态，副校长说，那就交择校费吧，两万，一分也少不得，这我还要求大校长赏脸呢。告别出来，老大姐特意扯了罗玉林衣襟一下，让他稍留步，责怪说，就怪你当初不听我的话，要是娶了我给你介绍的那个姑娘，谁敢让你下岗？顶不济眼下也是哪家企业的中层领导了。知道那姑娘的老爸眼下在干啥不？市政府副秘书长。媳妇脸蛋好看顶饭吃呀？罗玉林赔笑说，现在知道错也晚了，那时不是年轻嘛，嘴巴没毛，办事不牢。我家小子的事，再谢老大姐鼎力相助。那两万元钱，我就是砸了骨头熬油，也保证按时交上来。追上孟芙蓉，孟芙蓉明知老大姐在跟罗玉林说什么，但还是问，是不是又在责怪你当年不该不听她的话吧？罗玉林故意梗着脖子说，听她瞎嘞嘞呢，搂着漂亮媳妇睡觉，谁心里舒坦谁知道。孟芙蓉知道罗玉林这是在给她开心，却笑不出来，只是深深地叹息了一声。

两万元，对一个夫妻双双下岗的家庭来说，真是一道又深又阔很难跨越的堑壕。两人的亲戚都在乡下，遇点大事小情尚需他们接济，城里的朋友也多是同病相怜，东求西告的，凑到手才不到五千元。看看副校长给的期限已到，罗玉林说，实在没辙，就把咱俩的工龄都卖了吧。孟芙蓉点头道，行，卖！人这一辈子，谁知要遭遇多少沟坎，过一道算一道，就别想那么远啦。说这话时，两人都是 36 岁，心态却似有了饱经风霜的苍凉。

这道坎刚过去不久，又一道坎逼上来。有一天，孟芙蓉的姐姐突然来到家里，一脸愁容地说，咱爸病了，以前也有，动不动胸脯子就疼得喘不上气，可咱爸一直挺着，不肯治。这回我和咱哥把爸送到县医院，大夫说，必须抓紧作搭桥手术，不然，挺不过去两年。为求保险，医院答应从北京请这方面的专家。孟芙蓉听了这话，已起身收拾行囊，说，我这就跟姐走。姐姐说，你别忙，听我把话说完。北京的专家，可是有价钱的，手术上的那一刀，开价是两万。术前检查和术后恢复还是由县医院负责，也是两万。医院说，四万元先交齐，再作手术安排。我和咱哥回家跟妈说了这事，妈说，我和你爸一辈子养了你们三个，只防着老了老了有这么一天。这事不用再商量，我就拿主意了，芙蓉两口子好歹也算城里人，出两万。当哥当姐的在乡下艰难些，一人一万。但照顾你爸的事，两个大的就别攀芙蓉了，城里人喝口凉水都得花钱，他们两口子又都黄了厂子打野食，多掏钱的少出力，少出钱的多挨累吧。孟芙蓉听了此言，望了罗玉林一眼，颓然坐在床边，只知抹泪不说话了。罗玉林读得懂妻子那一眼的内容，虽说这是老丈人家的事，可一个女婿半个儿，事情逼到这个份儿上，男人不能没个态度。他对大姨姐说，姐，咱妈的安排，既合情又合理，你放心，我们照办就是。孟芙蓉说，看把你能的，怎么办？罗玉林回道，我自有主意。大不了，我摘腰子卖血，总不能让老爷子躺在医院里等死。大姨姐说，玉林的话让我心里热乎，我妹子这辈子没嫁错人。可这事你们务必得抓紧，咱爸在医院里多躺一天都是钱呀！

大姨姐在家里只睡了一晚，第二天一早就坐火车回县里了。那晚，罗玉林又去蹬神牛，留下孟芙蓉在家陪姐姐。半夜时，罗玉林回了家门，和儿子睡在一张小床上，虽是累，却难以入眠，听南屋姐妹俩还在嘀咕着什么，似有哭声与叹息。姐姐一离了家门，孟芙蓉就问，你倒答应得挺爷们儿，可钱呢？罗玉林说，人命关天的事，咱还能眼看着老爷子躺在病床上不管呀？再想办法呗。孟芙蓉说，你说卖血，可我听说，一次最多只能献400CC，两次间隔不能少于六个月，就是咱俩轮着卖，攒足两万元那得多长时间？再说摘肾，你以为你的腰子像猪腰子似的，摘下来就能摆上肉床子呀？那得配型懂不懂，谁知你能不能配得上？罗玉林说，我不过是打个比方，表示咱们两口子的态度。我是想，咱俩……不是还有套房子嘛，虽说小点，但卖几万元钱还不成问题。孟芙蓉瞪眼道，说得轻巧，卖了房，咱三口人住哪儿？想去路边搭窝棚，城管能答应你？罗玉林说，卖了房，给你爸划走两万，咱们总还能有剩，再租房嘛。想省钱，就去城边子租。还是那句话，哪儿遇河哪儿脱鞋，蹚一步算一步吧。闻此言，孟芙蓉不吭声了，站到窗边去，垂着头，不时吸溜一下鼻子。罗玉林知她又哭了，心里也是酸酸的。好一阵，窗外传来汽车喇叭的嘀嘀声，那是出租车在提醒孟芙蓉下楼接班。孟芙蓉抓毛巾擦一下脸，说，卖房子的事，先放放。给我爸张罗钱的事，还是我来办，实在没辙了，再走那步棋。

三天后，孟芙蓉告诉罗玉林，说，钱借到了，利息按月算，四分。又说，往后，我花在家里的肯定要少，你别怪，咱们都苦一苦吧。罗玉林明白这笔账，月息四分，一万四百；两万呢，那就是八百。北口是座中小城市，人们的消费观念还远远比不上大都市，所以打车的人既不要求打表，也不需议价，只要不出城，一概五元。孟芙蓉跑上一月，支出份子钱和油钱，再刨去这八百，真就所剩无几了。而自己蹬三轮，每位客人一次在一两元之间，一月算下来，顶破天也就千八百元钱。罗玉林舒了口气，说，管他是多大的利，能借到手就是好家伙。又问，借你钱的是谁呀？孟芙蓉飞快地扫了罗玉林一眼，把脸扭到一边去，说，你别问了，人家不让说。罗玉林哈哈一笑，说，不让问就不问。这事好理解，放贷人狮子大张口，开出的利息高出银行十多倍，那叫高利贷，人家怕挨收拾，正常，非常正常。

憨直的罗玉林万万没有想到，也许正是这两万元钱，才成了压垮骆驼的最后一根稻草，让孟芙蓉下定了从长计议，出门远行，另谋生路的决心……

4

借给孟芙蓉两万元的人叫尹恒，是北口市古驿区国土资源局局长，官不算大，级别更说不上高，不过是科级，在哪个城市里也算不上显赫人物。一年前的一个傍晚，孟芙蓉送客人到了古驿区政府附近，尹恒上了车。到了城内的一个寻常小区时，尹恒掏出一张百元的票子，孟芙蓉找钱，尹恒说，不用找了，明天早上七点半，你还在这个地方送我上班，行吧？第二天，送尹恒到区政府附近后，尹恒又说，晚五点半，你再来接我，车钱一块儿算。孟芙蓉有些为难地说，这里是郊区，下班那一阵我未必能碰上有来这边的客人，跑了空车，我就不上算了。尹恒呵呵笑起来，说，你把跑空车那一段算在我头上嘛。如此这般，接送上班下班一周后，尹恒便对孟芙蓉说，你也不用费心巴力地记小账了，干脆，我把你的车包下来，一月一千，可好？孟芙蓉在心里算计了一下，问，除了上下班，别的时间您用车我还管吗？尹恒又是呵呵一笑，说，那就两千，你把呼机号给我，我有事时提前呼你，没事时你自主安排，这行吧？孟芙蓉心中窃喜，有了两千元打底，基本就不愁自主时段的挣多挣少了。她又说，我的车可不是我自己的，到时间必须交车，您夜里用车我就对不起了。尹恒说，我下班后也基本不用车。那些饭局和应酬，我是能推必推的，哪能傻了巴叽地祸害自己。夜里非用车时，我另叫出租就是。

有了这包车，孟芙蓉就对尹恒有了与日俱增的了解，因为尹恒的有些秘密交易多是选择在出租车内进行的，想躲也躲不开。古驿区不光管着北口市东北部的部分城区，还辖着郊区的几个乡镇。城市在不断扩张，那些乡镇的土地便日益由菜田庄稼地变成了林立的楼房，不少市内的工厂和学校也搬到了这里，小小的土地局局长便有了炙手可热的权力。常常是，有陌生人拉开车门坐进来，先声明，尹局长让我来车里等他。过了一会儿，尹恒不慌不忙走过来。汽车启动，从折视镜里，孟芙蓉看到了陌生人警觉的神情，也看到了尹恒不以为然的一笑，那意思是让陌生人放心，一切尽在他的掌控之中。

孟芙蓉还注意到，陌生人和尹恒胡扯了一阵天气呀，时政新闻呀，社会正流行的什么笑话呀，便下车离去，却把手提纸袋或尼龙绸袋丢在了车上。尹恒不吭声，下车时，将陌生人留下的东西提在手上，都是沉甸甸的。也有时，某陌生人不留纸袋或尼龙绸袋，两人的交易是在手上，不动声色之间便完成了，那应该是银行卡。有一次，尹恒下车时，竟将一张卡给了孟芙蓉，呵呵笑道，这老兄，见面就见面呗，非得送我这玩意儿，我也花不上，你拿去花了吧。那是一张乐购卡，刚才两人手上的交易不应该仅是这个吧？孟芙蓉推谢说，您的包月费早给了，谢谢了，我不要。尹恒笑道，想多了吧？我又不是拿这东西顶车钱，拿上，去超市，需要什么就买点什么。孟芙蓉明白这相当于封口费，不要白不要，坚拒不收反倒可能把包月的俏活整丢了。路过乐购，她进去验了一下，报出的数目吓了她一跳，三千呀！回到家，她将卡交到罗玉林手上，说是车上捡的。罗玉林问里面有多少钱，孟芙蓉说我没验，兴许还是张空卡呢。罗玉林说，丢卡的人肯定很着急，要不要再等等？孟芙蓉说，我都等了三天了。这是老天爷可怜瞎家雀，你去花了吧。两天后，罗玉林很是兴奋地告诉孟芙蓉，你猜卡里是多少钱？三千呀，可能还一次没划过呢，顶咱俩扑腾两个月的了，我蹬神牛怎么就捡不来这么值钱的东西呢？又说，我今儿去乐购时，正巧见到一个老太太推货出柜，我跟她商量，用咱的卡替她划去三百一十多元钱，她给了我三百，两不亏。这三百正好够这个月球球的小饭桌了。小饭桌是指孩子的午饭。实验中学的学生择校的不少，离家远，即使午休时间能跑回家，家里也未必有人把饭菜侍候齐整，学校附近的居民见了商机，便在家里备了午餐，一般是两菜一汤，有荤有素，招揽学生去用餐。孟芙蓉心里酸疼了一阵，叹息人穷志短，嘴上却问，这叫划卡套现，超市里没人管呀？罗玉林说，咋不管？私下里先商量好，装作是一家人呗。过一阵，我争取把卡里的钱都套出来，超市里的东西太贵。孟芙蓉说，反正也是白捡的，花了吧，何苦贼眉鼠眼地让人家防着。罗玉林说，我今天就买了一斤猪头肉，还有一个熟羊肝。猪头肉咱俩解馋，羊肝给球球，听说那东西养眼睛，球球的眼睛整天在书本上，是得养养啦。嗨，刷卡的感觉真好，像没花钱似的，东西就归咱了……

尹恒包月用车的事，孟芙蓉跟罗玉林说过，罗玉林并没太放在心上。有什么嘛，还有人跟自己商量包神牛呢，早晚接送孩子，因跟接送球球的时间正冲突，他才没有应。但在尹恒送卡的事上，孟芙蓉便有意遮掩了。她太知道罗玉林的脾性了，以前当钟点工，卖烧烤，只要她说了某个男人色眯眯欲图不轨，罗玉林都会变成好斗的公鸡，脖子梗起，浑身的羽毛乍起来，立时就要找人拼命。这个事若跟他说，他自然是要起疑的，能说那是封口费吗？封什么口？你有什么证据？话一说起来就多了，传出去反倒自找麻烦。有些事，还是装在自己肚里好。

那是一个星期天的上午，孟芙蓉接了尹恒的传呼，把车开到每早接尹恒上班的地方。尹恒坐到副驾驶的位置，说，我指道，你只管开车。汽车三盘五绕，开进一处高档小区，停在一车库门外，尹恒摸出电子钥匙，一按，那车库门竟缓缓地开了，眼见里面停了一辆黑色的轿车，哟，奔驰！尹恒说，你把奔驰开出来，把你的车停进去，你今天的任务就是陪我找个地方遛遛车。听说这东西也像养小猫小狗似的，不常遛遛不行，发动机会生锈。孟芙蓉问，这车是你的吗？尹恒呵呵笑，说，难道还是别人的吗？孟芙蓉又问，你是不是在这个小区还有个家呀？尹恒说，一会儿回来，欢迎你到家喝茶。

那天，先是由孟芙蓉把奔驰开到北郊，公路上清静了些，尹恒便坐到了方向盘前，初时还显生疏，但很快便适应了，虽比不得开出租车的娴熟自如，但在城市里开开私家车还是绰绰有余的。孟芙蓉问，您有驾照吧？尹恒说，高头骏马我都买了，还能差个鞍子呀？孟芙蓉又问，这么好的车，您的技术又不差，那您怎么还包车？尹恒反问，那你说呢？

尹恒这么一反问，孟芙蓉心里就明白了，人家这是不想露富，不光是车，还包括房子。那个小区叫御林苑，御字，透出的是皇家气派。其实，御林苑与先前知道的他的那个住处并不远，如果抄近道，也就十分八分钟的步行路程，那他以前为什么从没让自己直接把车开到这里来呢？此外，就是上下班包车，他也是加着小心的，一直让孟芙蓉把车停在离区政府还有一段路程的胡同里，附近就是一处公交站，让人看，以为他上下班都是从公交下来的。倒也是，他不过是个科级干部，在官场被人比作“虾米糠”，操起笊篱一捞就是一大兜，若是仅靠死工资，他哪里就买得起名车豪宅。可他对自己，为什么就不再谨慎，而是张扬起来了呢？

近了中午，尹恒把奔驰车开回御林苑，对孟芙蓉说，饿了，一块儿进家吃个饭吧。孟芙蓉说，不了，如果您没有别的事，我就再去街上转转。尹恒说，车库里有几箱饮料，你帮我搬上去吧。人家这样说，孟芙蓉就不好拒绝了。是杏仁露，三箱，箱不大，一个人足以搬上去。尹恒说，放你车里一箱，啥时口渴，润润嗓子，听说还美容。孟芙蓉说，我都是喝矿泉水，还是一起给你搬上去吧。尹恒不再说什么，自己提起一箱，径直放到了孟芙蓉的车上。孟芙蓉不好再说什么，提起另两箱，跟在他身后上了楼。

进了尹家，孟芙蓉本想放下东西就走的，可尹恒说，陪我吃口饭，不差这一会儿。孟芙蓉扫了房间一眼，是半跃的，上面是几间房不知道，光看客厅和餐厅、厨房，总面积最少也有一百六七十平米。听说话声，一个穿休闲装的年轻女子从半跃的楼梯上方露了面，看孟芙蓉手上的东西和她身上的装束，估计猜出了身份，说，你先别动，我给你找拖鞋。尹恒说，你抓紧给下两碗面条，我们还饿着肚子呢。女子不客气地说，想回来吃，为什么不早打个电话？孟芙蓉猜不出这女子的身份，趁着她进厨房的机会，悄声问，这是……尹恒说，保姆，你随意，别理她。孟芙蓉又问，你夫人没在家吗？尹恒却说，再说，再说。

那箱杏仁露，孟芙蓉哪舍得喝。球球早提出上学带听杏仁露，孟芙蓉便说等你考了班上第一再说。儿子回道，你还不如说等我考上大学再说。见孟芙蓉提了杏仁露进屋，罗玉林责怪，你就惯他吧。孟芙蓉小声叮嘱道，你就说是客人落在车上的。

关于尹恒夫人的话题，是几天后下班的路上，尹恒主动提起的。尹恒说，我家那口子没福，刚把闺女送到新西兰，自己就把命丢了，是丢在去云南旅游的路上，车祸，两年多了，死了还拿命给她闺女挣下 30 万赔偿款。孟芙蓉说，您各方面的条件都不错，年纪又不大，为什么不再找一个？起码老来也有个伴吧。尹恒叹了口气，说，半路夫妻，老来成伴，这其实并不容易呀。为这事，不少人替我操过心，我也见过不少，可哪容易遇得到相当的呀。孟芙蓉说，您还不到 50 吧，就是找个刚出校门的研究生，都未必不可以。现在的女孩子实际得很。尹恒忙摇头，说，不可不可，那种没长熟的杏子，就是捂红了，吃到嘴里也苦苦涩涩，弄不好，还倒牙。那种女孩子，弄到家里当花瓶还行，可过起日子来，谁难受谁知道，到底是她侍候我还是我侍候她呀？呵呵，你整天开车在外，认识的人肯定不少，要是有合适的，还请帮我介绍介绍。孟芙蓉笑说，您连大学生都看不中，我哪还敢多嘴。尹恒说，你正说错了。其实我的标准，非常平常。一，模样嘛，最好中等偏上，哪个男人都希望自己的老婆能带得出手。第二，职业嘛，只要性格温顺，手脚勤快，有没有工作都可以，能安心在家当个全职太太都行，我养得起这个家。第三，年龄嘛，我却挑剔大些。太年轻的我可不敢要。大妹子也是有家有口的过来人，有些话我说得可能冒犯些，你别挑。你想呀，我今年 50 了，娶个 20 多岁的，过上 10 年，我 60 了，两口子的那点事肯定侍候不上去了，可人家却正是虎狼之年。家里吃不饱，难免就要跑到外面去打野食，那还不得活活把我气死呀。当然，跟我年龄相仿的，我也不想要，毕竟是二婚嘛，还是要年轻些。年轻多少呢？最好是差 15 岁上下。等我老了力不从心时，人家的那种想法和要求正好也少了，那才是个伴呢……

孟芙蓉的心不由得怦怦跳了两下。尹恒说的条件，怎么自己都符合，他不会是在瞄着自己说吧？又想，给他包车也有小一年了，应该说，他在自己面前一直是规规矩矩正人君子的形象。不像有些男人，稍微熟悉些，便对漂亮的女人不老实起来。那种不老实先是表现在眼睛上，贼眉鼠眼不怀好意，尤其是夏天穿得少的时候，那眼珠子就像要把人扒了似的；再就是动手动脚，借着什么因由吃女人的豆腐；最普遍的是嘴巴骚扰，讲笑话说段子，好像兴之所致忘了顾忌，其实那是傻子也看得明白的挑逗与试探。可这些伎俩和龉龃，在尹恒身上都没有，作为丧偶的男人，真是很难得了。但男人嘛，据说好色是天性，不然他为什么在家里还娇藏那么一个年轻的小保姆呢？看神情，两人的关系也决不只是保姆和雇主那么简单。又听说，男女之间，越是有了长远考虑的，才越是要在对方面前表现出君子和淑女的形象呢。尹恒在自己面前一直夹着尾巴做人，有时还有意无意地显露一下金光闪闪的尾巴尖，比如那灰色的收入。今天，又让自己见识了他的名车与豪宅，是不是都是他老谋深算长远考虑的一部分呢……

那天，因为说话，出租车到了家门口尹恒也没急着下车。孟芙蓉说，大哥吩咐的事，我牢记在心，但这事不能急，我慢慢替大哥物色。到时间了，我还要去交车，改天再聊，可好？

那是孟芙蓉第一次喊尹恒大哥，此前都是称您。尹恒显得很高兴，走出老远还转身向她招了招手。

5

家里遭遇了父亲重病急需医疗费用的事，孟芙蓉不让罗玉林卖房，是因为心里已有了向尹恒借钱的打算。如果自己对尹恒的分析不是一厢情愿自作多情，尹恒肯定会点头的。那不过区区两万元，对于两职工双双下岗的家庭来说，那是一道堑壕，但对于八方有求的权势者，可能连水泥路面上的一道划痕都算不上。况且，尹恒的有些交易就是在自己眼皮底下完成的，我孟芙蓉不想从你的大海碗里分羹，我也不想以此讹诈，我一个靠卖力气谋生的落魄之人更没有那种反腐除蠹的理想情怀，我不过是求你救救急还不行吗?

尹恒应承得很痛快，没有丝毫的犹豫。他说，给老爷子治病，这事我得支持。为子不孝，还是人吗?一会儿到家，我上楼，马上给你送下来。这个钱，你也不必急着还，啥时手里宽绰了啥时算。孟芙蓉说，这钱我肯定还，而且马上还，从下个月起，一年之内，大哥就不用给我包车费了。尹恒说,那也用不了一年呀,一月两千，十个月就两万。孟芙蓉说，多的两个月是利息。尹恒又呵呵笑，说，我不跟你犟，随你高兴。

孟芙蓉没将借来的两万元钱打进姐姐留下的账号，而是串了一天班，和罗玉林一起回了一趟老家。姐姐和嫂子说，知道你们不容易，这是欠下了大饥荒，要一元一元地填窟窿。这边的事就不用你们操心了。两人离开时，老爷子撑着病弱的身子一定要送到县医院走廊尽头，附在窗前一边摆手一边抹眼泪，惹得两人心里好不难受。

突然之间一家人的生活都压在了三轮车上，那神牛即使再神，也难以承受如此重载。那重量并不是一家三口的一日三餐，而是儿子的就学费用。说是九年义务制教育，那只是体现在学费上。学校更新了校服，不穿新校服的学生不许进校门，你交不交费？学校要建塑胶跑道，一位学生必须交500元的赞助费，老师一天一遍地追问，小孩子经得起那催促？老师们除了过教师节，还要过生日，班级不会缺了热心张罗祝贺的小干部，你响应不响应？这还都是小数，大数在课后补习上。老师们在课堂上敷衍，一遇疑难课题，便说补习课再讲。补了数学补理化，外语和语文又岂甘落后，这种费用每月近千。在罗玉林和孟芙蓉的内心里，两人这辈子就这德行了，饿不死冻不死就行，认了。但在儿子身上却绝不能认。当初，两人只差那么一点点没考上大学，都是亏在没享受到平等的教育资源上，现在儿子好歹也是城里人，好歹也进了市里的重点中学，两个大人保一个小的，总该不算太难吧。

可还真就是难。因为欠了饥荒，孟芙蓉的收入指望不上，仅靠罗玉林蹬神牛，家里的日子真就成了大旱年头的河道，基本断流了。看着罗玉林一天天夜半三更才回家的疲倦不堪的身影，看着他那强颜作笑的脸，孟芙蓉不能不作另外的打算了。都说人无横财不富，可横财在哪里，难道去抢银行不成？进入市场经济了，市场经济好比一汪大海，没有舟楫过不了洋，仅凭手脚的扑腾也早晚要沉没，可舟楫在哪里？开出租的接触人多，有一天，上来两个人，可能是刚从饭店里出来，身上带着酒气，上了车还在讨论。其中一个说，什么叫市场经济？其实，市场经济就是资本经济。那资本在哪里呢？从本质意义上来说，金融是资本，权势也是资本，占了哪一宗都行，两者又可互相转化。两者既都没有，那就只能卖。卖什么，卖尊严，卖力气。上头说，让一部分人先富起来，可卖气力的人能富吗？依我看，不能，肯定不能。比如给咱们开车的这位大姐，她肯定也盼着早一天富起来，如果他们两口子都是给别人开车，那她只能心存盼望，却永远难得现实。但她家里如果有两辆出租车，或者更多，五辆，十辆，掌握着一个出租车公司，那她就是不开车，也穷不了了。因为她掌握了资本，资本介入了分配，每月自会有人把份子钱交上来，那份收入远远高于卖力气的收入。可谁有能力有五辆十辆出租车呢？那就不光得有钱，还得有权了……

孟芙蓉从折射镜往后扫了一眼，说话者像是一位有学问的人，瘦削，戴着眼镜，编辑？记者？或者大学里的教师？听他的话，似乎有道理，却又跟广播里的话不一样，也跟上学时政治课老师说的不一样，是不是有些偏激，故作一家之言呢？可那些话，却深深地印在孟芙蓉的记忆里，不时想起来琢磨琢磨，尤其是卖尊严卖力气的话。

自己已经在卖力气了，囤货居奇尚值点钱的，也许就剩这点尊严了，如果真能换来一点与时俱进的资本，那就卖吧。不然，岂不真应了那位有学问人的话，甘认穷，永世穷。可怎么卖？零售肯定是不行的，那不光丢自己的脸，更丢男人的脸，法律上也不容许。听说城北有条街道，被人叫成花子乐，一入夜，便站了许多女人，多是三四十岁，基本是下岗女工，怀里藏条床单，开价极便宜，在那丛林或草地上就把生意做了，去买乐的基本是那些乡下来的农民工。这种事常听打车的客人说，叫人脸红。零售不行，那就只有批发了。趁着自己还年轻，又正好有尹恒那样有财有势，又不甚讨人烦的人相中自己，那就卖吧。离婚再嫁，正合法理，于己于家都冠冕堂皇，算不得丢人。记得念高中时，读过一篇小说《为奴隶的母亲》，作者好像是柔石，那是语文老师作为参考书目给学生们推荐的，听说后来还改编成了戏剧和电影，叫《典妻》吧，作品中的大致情节至今还记得。典是什么？还不就是变相地卖，读书时怎么没想到，柔石先生百十年前的忧戚，竟会成为后世人待价而沽的人生参考呢……

当然，这些思谋，孟芙蓉不能跟任何人讲，尤其不能跟罗玉林讲，一个字都不能讲。她太知道罗玉林的性格了，即使生活真到了山穷水尽那一步，他宁可拉着自己和儿子一块儿跳高楼趴火车道，也绝不会容忍自己走出这一步。可她又知道，罗玉林的自尊也正是他的软肋，只要自己表现出了对他的绝望，死心塌地另奔高枝，他也绝不会低下头哀求她不要放弃这个家。

借钱三个月后的一天，下班路上，孟芙蓉将汽车停在街边一僻静处，对尹恒说："你说过让我帮物色对象的事，这一阵我想了又想，真还找到了一个人。如果这个人你不满意，那以后你就再包别人的车吧。"

孟芙蓉这次没说您，也没称大哥，口气也郑重得近乎严肃。尹恒意识到了气氛非比寻常，怔了一下说："这么严重？具体情况说说看。"

孟芙蓉说："你看我这个人，是否还说得过去？这话，我只问一次，也希望你能立刻给我个态度。"

尹恒却没再表现出错愕与惊讶，似乎一切都在他的预料之中。他问："那你家里的罗先生和孩子怎么办？他们会答应吗？"

孟芙蓉说："那是我的事。如果你没有别的意见，半月之内，我会拿着法律文书一无牵挂地跟你去办结婚手续。也请你在这个时间内，把家里保姆清退利索。"

尹恒又呵呵笑起来，把巴掌压在孟芙蓉的手上，说："具体环节，咱俩到家商量，可好？"

孟芙蓉把手抽出来，踩在油门上的右脚加了力，汽车蹿出去。她平静地说："没有结婚证在手，我不会进你家的。我这个人很保守，面对的只能是一个男人。"

6

孟芙蓉离家而去，罗玉林从她手里只接下了出租车钥匙。她说，你把神牛卖了，往后就开出租车吧。相关的手续，你自己去跟公司说，好办，一家人自作调整，公司一般不干涉。罗玉林手里早有了驾照，那是为了防着孟芙蓉不定哪天有事出不了车，就得有人顶上去。孟芙蓉又说，照说，家里的房门钥匙也应该留下，可我心里想存个念想，就带着了。你要是不放心，可以把门锁彻底换掉。

走进民政局婚姻办事处那天，办事员本也想依惯例对要求离婚者做做调解工作的，可孟芙蓉脑袋上裹着白晃晃的绷带，还不时捋起裤管让她看腿上的瘀痕，又见罗玉林梗着脖子倔哼哼的样子，便懒得再说什么了。办事人员对这种事早已见多不怪，自从有了大批工人下岗放长假，离婚的人就如林子里雨后的蘑菇，骤然多起来，尤其是女方尚年轻，又有些模样的。女人若变了心，莫说九牛，就是坦克车也拉不转。

两人各揣了离婚证，走出民政局大楼。罗玉林强忍着心中的苍凉，甩开大步往前走。孟芙蓉一路小跑，紧跟其后，说，你停一停，我还有几句话。罗玉林站下了，两眼茫然地望着灰蒙蒙的天空。孟芙蓉说，回家把离婚证藏好，千万别让球球看到。他问起，你就说我去非洲打工了，短时间内回不来。我给你留个手机号，备着家里有什么大事急事，但别让球球知道。还有，我留给你的那张银行卡也藏好，我会把球球的抚养费按月打给你。孟芙蓉的话，声声入耳，罗玉林却不吭声，也不回头。听身后又有了吸溜鼻子的声音，他知道孟芙蓉哭了，便接过孟芙蓉塞进手里的纸条，大步而去。

这一次，孟芙蓉的脚步声没再跟上来。结束了，一切真的都结束了，前面的日子只能自己带着儿子孤独前行。转过两条街，罗玉林再硬不下去，闪进路边街心花园的树丛，只觉浑身像泄了气的神牛轮胎似的瘫软下来。他蹲下去，抱着头，一任泪水开闸，将地上的干土洇湿了好大一片。他好想放声号啕，一吐苦闷，也许那样心里才痛快，可五尺高的爷们儿，那算什么！夫妻本是同林鸟，大难来时各自飞，也许，这一天早晚要有呀。可是，大难真就来了吗？什么忠贞的爱情，什么山无陵天地合，都是穷酸文人的胡转，都是他妈的狗屁，天下女人一个味，嫌贫爱富，终是逃不出一个卖字！

罗玉林这般哭着，骂着，却不知数百米外，孟芙蓉也躲进树丛中，把胳膊咬在嘴巴里，默声痛哭。这个事，只是自己一人所为，丈夫不理解，儿子更不会理解。从今往后，她不光要承受情感上的思念与煎熬，还要承受亲人们的误解和咒骂。同在一城，咫尺天涯，那将是一种怎样的痛楚？而自己做下的这一切，又都是为了家中的长远，今生今世，又谁能理解呢？有警察走过来，问是否需要帮助。她站起身，抹去脸上淋漓的泪水，默默走向无人理解的苦闷与孤独。

母亲突然没了踪影，儿子自然要问去向。罗玉林一时无计，只好按着孟芙蓉给出的说法作答，说去了非洲打工，又说那里给的工钱高些。儿子扯着刚变声的公鸭嗓问，去了非洲的哪个国家？罗玉林说，好像是津巴布韦，要不就是博茨瓦纳，我也没记清楚。儿子再问，我妈怎么说走就走，都没跟我告别？再说，她有出国护照吗？罗玉林只好继续圆谎，说，国内有人出资在非洲哪国建了纺织厂，缺的是技术力量，便想起了原来的北纺工人。那天，你妈听说这个事时，那些工人已在车站集合，正要奔北京坐飞机。她紧赶慢赶，好不容易才挤上了这班车，只是带上了随身的几件衣服。其实，北纺厂的工人已去了好几拨了，你妈早有准备，所以早把护照办了下来。儿子问，那也应该爸爸去呀，男人的工资可能更高些。罗玉林，纺织厂需要的多是女工呀。儿子再问，我妈什么时间回来？罗玉林说，三年内肯定不准回，以后是否给探亲假，就看老板开不开恩了。儿子问，去非洲真就那么好吗？罗玉林说，还不就是奔着工资高，一月顶在国内俩月。再说，她也是心疼我风里雨里蹬神牛，她有了新去处，也就好把出租车让我开了。儿子说，我班同学家里就有买了夏利车的，爸爸妈妈轮着跑出租，不是也挺好吗？罗玉林想哭，却强忍着，抚着儿子的头说，咱家哪有那个钱？加上各种手续，得好几十万呢。你好好念书吧，等将来读完大学，给爸爸买辆出租车。

儿子似乎相信了爸爸的谎言，因为在他的同学中，确实也有爸爸妈妈出国打工或做买卖的。过了些日子，他问，我妈一直没打电话或来信吗？罗玉林说，电话来过，问你学习怎么样，又问你胖了瘦了，想没想她。有了电话，还来什么信呀。儿子说，等哪天我妈再来电话，让我跟她说几句，行吗？罗玉林说，那当然好。可你哪知道，非洲的国家，比咱们这儿还落后呢，手机根本别想，白天她又要上班，她打电话都是晚上下工后，还得跑上十多里路到一个镇上。又有时差，那时你正上课呢。儿子还是生出了疑惑，说咱家没电话，你又没手机，那我妈是怎么跟你联系的呢？罗玉林说，我有个工友，也在跑出租，他媳妇也去非洲了，跟你妈妈正好在一起。他有手机，每次来电话前，先把我约到一起。怕儿子再问，罗玉林又拿出银行卡给他看，说，你妈已经把第一笔款打进来了，一千五呢。

数日后的那个中午，罗玉林坐在马路牙子上吃盒饭，一个原来同是北纺厂的出租司机捧着盒饭凑过来，边吃边嘟哝，说，同是天涯沦落人，说起来都是泪呀。罗玉林知他话里有话，溜了一眼，没接话。工友又说，想当初，咱厂里这帮哥们儿谁不眼红你罗玉林呀，把厂里最漂亮的那朵花摘到了手。再后来，工厂黄摊了，哥们儿就更羡慕了，都夸罗玉林的媳妇不光人长得漂亮，更难得的那份心性，面对下岗生活，对男人无怨无悔，一门心思相扶相帮，要把苦日子撑下去。可谁想，到底还是俗人一个呀，到底还是当了女陈世美，抛夫弃子，另过起了贵妇人的日子……罗玉林捧着盒饭，再吃不下去，眼睛痴痴地望着眼前飞驰的车轮和匆匆的脚步。那哥们儿继续嘟哝，那老东西姓尹，连个芝麻官都算不上，也不知心高气盛的孟大美人怎么就鬼迷心窍，着了他的道儿？哦，也别说，姓尹的有权呀，官不在大，有权则行。这年月，有权就有钱，哪个浅眼窝子的女人不是图钱？当然喽，这些你肯定早知道，哥们儿只是弄不明白，玉林老弟怎么不声不响地就轻易撒了她的手？说句人穷志短的话，起码，也得让那个姓尹的给你弄一辆出租车吧？

罗玉林没接话，也无话可接。他站起身，将刚吃了几口的盒饭扔进垃圾桶，坐进出租车，开走了。孟芙蓉走进了一个姓尹的老男人的家，这个消息他还是第一次听说。一切既然早在预谋之中，况且眼下已成了铁铸的事实，那个男人多大年纪，姓什么，做什么工作，知道不知道又有什么意义？罗玉林懒得听，更懒得打探。

好在，还有儿子。球球是罗玉林的骄傲，也是他的希望。球球是乳名，大号罗孟雄。球球出生时，七斤八两，婴儿里的大号，圆圆胖胖，着实让人喜爱，夫妇俩都喊他球球。之所以迟迟没给他落户口，就是愁在名字上。罗玉林说，我喜欢你的孟字，孟是兄弟排行里最大的，就叫罗孟球吧。孟芙蓉说，叫小名还行，咱儿子长大了，要是当上国家领导人，电视里一念，球球的，不大气。男孩子，不如叫孟雄，雄心壮志，男人气概！球球果然不负父母所望，书读得好，就是到了实验中学，一个班级八十多名学生，成绩也没落过前三。老师不只一次对同学们说，有些同学，父母下了岗，也成了不好好学习的理由。罗孟雄同学的爸爸妈妈双双下岗，可他把压力变成了动力，照样取得了优异的成绩。

孟芙蓉离婚再嫁的消息连出租车司机都知道了，又岂能绕得过信息时代的学生们。当老师又一次以罗孟雄为标杆教导学生时，下面便有了接话，说，罗孟雄还两个爹呢，那谁比得了？说这话的是个女生。又有男生接话，说得更露骨，说不是罗孟雄的压力大，是他妈叫亚力山大，哪个女人身上承得住两个男人呀？课堂上轰地笑起来。信息时代，初中生没有几个没接触过电脑，就是家里买不起的，孩子们豁出午餐钱也要偷偷去电子游艺厅里尝尝新鲜，性知识的一知半解多是从那里获得的。初一学生罗孟雄已经 13 岁了，13 岁的少年岂能承受这般羞辱，他跳起身，小豹子般直向接话的男同学扑去。课堂大乱，吃亏的却肯定是罗孟雄，因为不时受到老师批评的学生们早把恼恨迁怒到了罗孟雄身上，装着拉架正是个借机泄怨的机会。

那天，老师停了几个闹事学生的一切课程，都叫到了办公室去。老师先是训斥接话的男生不该用如此下流的语言侮辱同学，又批评罗孟雄不应该在课堂上发起攻击。那几个同学自知理亏，纷纷认错，并作出今后不犯的保证。罗孟雄却两眼喷火，不肯认错，更不肯承诺。老师让那几个同学先回去上课了，轻轻将罗孟雄揽在怀里，说，以后再有这样的事，你告诉老师，老师给你作主。罗孟雄哭了，哭得很伤心，他说，家里穷，我妈妈去非洲打工了。他们凭什么侮辱我妈妈？老师说，你用好成绩给爸爸妈妈争气，看他们还说什么！

虽然球球对妈妈是否真去了非洲一直心存疑惑，但他宁肯相信爸爸的话。因为不管非洲离家多远，妈妈总会回来的。

也就是那天傍晚，孟芙蓉极不合时宜地出现在了学校大门外。其实，也不是偶然，孟芙蓉经常在这个时刻出现在校门外的，不过都是坐在汽车里，车窗贴了膜，她坐在里面能够清清楚楚地看到儿子，儿子却哪知车里坐着母亲。到了尹家后，孟芙蓉就成了尹恒的专职司机，主要是接送上下班。将尹恒接到家，正好是学校放学时间，她便再去实验中学大门前看儿子。起初，她开奔驰。后来，尹恒说，奔驰太张扬，我另给你买辆本田雅阁吧，也不错的。孟芙蓉不屑在这事上跟他计较，有车开就行，便随他。

那天，几个被老师狠狠训斥了的学生虽然嘴巴上认了错，心里却越发记恨罗孟雄。放学了，几人凑到一起，等罗孟雄出了校门，便围上来，装作道歉和开玩笑，实行再一轮的羞辱，这个拧一把，那个撞一下，有人还抡起书包往他头上打。罗孟雄记着老师的话，也明白寡不敌众的道理，匆匆往前走，只想快些离开那些无赖。此情此景尽被坐在汽车里的孟芙蓉看在眼里，孟大怒，一时忘了自己不可现身的顾忌，抓起手边的矿泉水，直冲出去，照着欺负儿子的孩子们头上胡乱打去。那些孩子有认识孟芙蓉的，喊了声二奶婆来了，迅速撤去。球球见了妈妈突然露面，先是呆呆一怔，旋即就蹲下身去，抱头痛哭。孟芙蓉见儿子哭，又见有学校的保安人员跑过来，也是一怔，转身跑回车内，将车开走了。

恍然如梦，似真似假。好一阵，球球站起身，满脸是泪地向着爸爸候他的方向怔怔走去。交警部门有规定，为防校门前拥挤，另给接送学生的私家车和出租车划定了区域和街道。罗玉林看儿子走来，按了几下喇叭，球球似没听见，又开车贴过去，球球仍似没有察觉。他摇下车窗，大声喊，球球，傻啦，爸在这儿呢！球球扭了一下头，脸上有晶莹的泪光在晚霞中闪烁，那泪光让罗玉林的心里好紧好紧。

7

孟芙蓉的突然现身，让 13 岁的少年心目中的美好泡沫突然炸裂，那炸裂声竟把他自己吓了一跳。还需要问爸爸什么吗？原来她不要自己，扔下这个家，果然是去追求自己的富贵与幸福了。那一晚，球球将家里南屋的门闩死，不理会爸爸一次又一次的隔门哄劝和提醒吃饭，躺在床上以泪洗面，回忆在校门前见到妈妈时的情景。虽然只是一瞬，但他看到妈妈的脸色比以前白净了许多，身上的衣服也非昔日可比，是时髦的，讲究的。妈妈闪身离去时，钻进的是一辆银灰色的小轿车，那种车，班上有的同学家里也有，是本田吧，有那种车的家长不是有钱，就是当官的。尤其是，妈妈的身上还飘过一股香水的味道，班上有女同学也偷偷洒过香水，老师很生气，一次次喝令她们去洗掉。看来，爸爸真可怜，也真窝囊，他什么都知道，却一直哄瞒着自己。他为什么就放了妈妈离去？他为什么不和她打一打闹一闹？起码，自己知道了，肯定会坚决站在爸爸一边的。唉，从此以后，自己没妈妈了，那只是个叫孟芙蓉的女人……

夜深，球球打开房门，将自己的书本和用品搬到了小北屋。以前，南屋是爸爸和孟芙蓉住的，孟芙蓉离家后，爸爸就让他住过去，说南屋宽敞些。又说南屋有写字桌，学习起来方便。球球很高兴住南屋，因为床铺上保留着妈妈的味道。爸爸几次要拆下床罩被罩洗一洗，他都拦着，说反正妈妈的被子我也不用，放在我身边就行。爸爸看他往北屋移送物品，想拦阻，又想上来帮忙，球球气哼哼地说，孟芙蓉用过的东西我都不要，我烦她的味道！爸爸怯怯地望着儿子，说，她可以不要这个家，也可以不要爸爸，可她是生你养你的妈，哪会不要你？球球说，她应该知道，我还想不想要她？罗玉林说，不能说这样的话。球球瞪着眼睛喊，她只顾自己享福，已经不要我们了，她还配当妈妈吗？喊完，将房门重重一关，又闩死，再不出来。

从那一日起，13 岁的少年开始调整自己的人生坐标。学习好不好，固然重要，但现在最重要的是不能再受欺负。妈妈不管自己了；爸爸是个老实得近乎窝囊的下岗工人，除了能保证儿子饿不着冻不着，别的事不可指望；

老师们虽说在心里偏向着学习好的学生，但他们只会和稀泥，训斥几句又有什么用？反倒压弹簧似的更让那些学生把反弹力作用到自己。现在再说什么都没用，只有让自己坚强起来强大起来，人不犯我，我不犯人，人若犯我，那就别退缩也别客气，横的怕愣的，愣的怕不要命的！他想起家里有两支擂衣锤，尺半长，样子像极了古时的兵器金刚杵，椴木的，镟制得极光滑，上面还刷了清漆。有一次，他见了，问妈妈这是干什么用的？妈妈说，床单被子浆洗过，会留下皱褶，用它捶一捶，就平整了。他问，怎么从没见妈妈用过？妈妈说，现在的床单和被罩多是混纺的，褶子少，省事了。他又问，那还留它干什么？妈妈将东西收回去，说这还是你太姥姥用过的呢，妈妈结婚时给了我，留个念想吧。这回好，这东西有用了！球球将擂衣锤翻出来，藏进书包里一只，以后谁再敢欺负本小爷，对不起，那就金刚杵侍候，不打他个头破血流，也让他头上留下几个青包。

除了以命对命，13 岁的少年还无师自通地在班级里拉帮结伙，并很快凭借脑子好使敢于拼命而成为帮伙中的老大。帮伙主要是男孩子的游戏，有的女孩子也加入。班上主要是两伙，一伙是家里有钱有势的，一伙是平民草根的后代。罗孟雄自然是挑头后者。水泊梁山的好汉们为什么聚义称雄，义结金兰？还不就是不想受欺负。人多势众，众狼赛虎，这个道理小爷懂。

初中二年，金秋时节，班级上体育课，老师带学生们作跳马练习。罗孟雄身体虽健硕，在技巧方面却不占优，几次冲到跳马前都无功而返。有学生喊，罗孟雄又亚力山大了，立刻引起一片哄笑。这是公然的挑衅，班上的同学都记得“压力大”的影射意味，那是罗孟雄心中的一块疤，况且喊这话的人是班内另一帮伙的头头。笑声未落，罗孟雄已冲到喊话同学面前，一手薅住那人头发，另一手抡起拳手，直向面门打去。那同学的同伙自是不肯让头领吃亏，一声呼啸，一群孩子拥上去。罗孟雄的同伙见势不妙，急冲上救援。霎时间，你推我撞，操场上乱成一团。

课堂上打群架，这还了得！体育老师刚从大学毕业来校不久，对教育工作缺乏经验。如果他能像班主任老师那样全面了解每一位学生的家庭背景，从而对性格格外敏感脆弱的罗孟雄小心翼翼痛惜一些；如果他不是担心自己的执教能力被人怀疑而虚心向班主任老师求助，就不会轻率地采取后面的措施。体育老师认定这场课堂纷争完全是因罗孟雄而起，他将班长扯到一边，掏出手机，说，你把罗孟雄家长的电话号码给我，我让他把这根搅屎棍子领回去！班长迟疑地说，罗孟雄家的情况有些特殊，他爸以前也来过学校，可根本解决不了问题。再说，这事也不能只怪罗孟雄，挑事的人也有责任。体育老师生气地说，事情就发生在我的眼皮底下，百闻不如一见，怎么不怪他？别的同学不过是开了句玩笑。他爸爸解决不了，那就找他妈！班长说，他爸和他妈离婚了……体育老师说，离婚了也是妈，少废话，快把她的电话号码给我！班长说，我的联络簿上没有他妈妈的电话，我只听说他妈妈另嫁的人是古驿区土地局局长，现在那个单位好像不叫土地局了。老师，别打了吧，好像不太好……

体育老师没听劝阻，还是把电话打了出去。班长给出的信息似乎模糊，其实已经足够。他打 114，请接转古驿区国土资源局，很容易就找到了一局之长。尹恒听了情况，说，我正忙，您还是直接跟孩子妈妈说吧，我把她的电话给你。

孟芙蓉很快赶来了，也不仅仅因为她有小汽车，而是她心里太挂念她的儿子，恨不得早一步把儿子揽在怀里，抚慰儿子的委屈，也抚慰自己那颗又愧疚又思念的心灵。自从那次校门一见，她不敢再去校门前，实在忍不住，就躲在路边大树后，哪怕远远望一望儿子一掠而过的身影。体育老师继续给学生们上课，却让罗孟雄站在大太阳下等候处理。孟芙蓉去拉儿子，脸颊上却遭受到了来自 14 岁少年突然的攻击，那一拳很重，孟芙蓉的鼻孔里立刻有一条黑红的“蚯蚓”缓缓爬出。罗孟雄跳着脚吼骂，滚！你凭什么管我！孟芙蓉惊愕有顷，说，球球，不认识妈了吗？我是你妈妈呀！罗孟雄的拳头又抡过来，一边打一边哭着喊，你不是我妈，我没有妈，我妈死了，早死了！孟芙蓉为了躲避儿子的拳头，蹲下身去，罗孟雄的脚又跟过来，一下又一下地踢踹，滚，你给我滚，我不想看到你！

儿子打妈妈，学生们闻所未闻，今天却亲眼目睹，一下全惊呆了。体育老师从惊愕中醒来，喊，还傻看什么，快去拦住他！几个男同学冲过去，罗孟雄奋力挣扎，又对拦阻他的同学拳打脚踢。立时，在校园里，罗孟雄真的称雄立棍了，连对生身之母都敢动起拳脚的人，还会忌惮什么？

罗玉林恰在这时赶来了，出租车直接冲进了校园，他是接了班长的电话，当时正好在学校附近拉活。班主任老师也从教学楼里跑出来了，操场上的喧闹惊动了课堂上的师生，教学楼的许多窗子打开了，挤满了看热闹的人影。罗孟雄发现了冲过来的出租车，也发现了跳下车直向他冲来的父亲，甩开同学们的纠缠，顺着操场跑道奔逃。年近四旬的罗玉林身子虽还健硕，腿脚哪里比得宛若小鹿一样的少年。罗孟雄也不想丢开父亲一跑了之，跑一阵，回头看看，站下，看父亲离得近了，甩开脚步再跑。正巧，操场另一侧，篮球场上有另一班的学生在打球，有人将篮球当成足球，高高地踢向空中。那球从高空落下，直对着罗玉林的方向。罗玉林突然跳起身，双手摘球，未待脚落地，双手扣篮的动作连贯而成，篮球出手，箭一般而去，极准确地砸在十几米外的罗孟雄头上。奔跑中的罗孟雄应声倒地，校园里响起一片叫好声。

罗玉林没有听到叫好声，他甚至不知道自己怎么会做出这样一连串的动作。过后，他曾无数次地回忆那天的情景，深深为自己的所作所为羞惭愧疚。自己是怎么了？彼时彼地，怎么会是秀球技场景？那天，他冲过去，对着殴打辱骂生身母亲的罗孟雄拳打脚踢，不顾头不顾脸，应和着踢打的是他愤怒至极的一声又一声“牲口”。从出生到现在，罗玉林从没打过儿子，连一手指都没动过，这是第一次，而且是在众目睽睽之下。

趁着父亲喘息的机会，罗孟雄挣扎着爬起来，试图再跑，但他只跑出几步，竟后转身跑回来，跪倒在父亲面前，额头贴地，任由父亲再踢再打，并一直保持着那种姿势。一脸血污的孟芙蓉冲过去，伏在儿子的身上，迎受着暴怒男人的攻击……

这一幕，让操场上的师生百感交集，有不少女同学蹲下身子，呜呜哭起来……

8

中考时，球球没能考上北口高中，而且差得很远。他所在的班级考上了6个，可他的总成绩却在30名开外。这让罗玉林大感意外。北口高中是省重点，考进那里，一只脚便基本踏进了大学校门，而且半数以上是重点。公布成绩那天，他找过班主任老师。老师说，你奇怪，我还奇怪呢。自从你们家庭发生变故，罗孟雄的学习成绩确是有所下降，但下降也不是飞流直下呀。他初一时是前三，初二以后基本是前六，中考前的那几次模拟考试，最差也没出过前十名。我仔细研究过他的模拟试卷，有些丢分的题，他不是不会，而是漏答，或者说，是故意弃答。为这事，我找过罗孟雄，他回答得倒也明朗，说，又不是正经上阵较量，会了的，还非得再答一遍干什么？我一想，倒也不错，就没太放在心上，只盼望正式上考场时他能考出真实成绩。罗玉林说，拜托老师，能不能帮查查他的卷子？老师摇头苦笑说，你以为我没想过呀，可怎么可能？为了防止判卷舞弊，中考的判卷程序严格着呢，一点不比考大学差。卷子一收上去，就密封了，统由市里判分计分。判卷时，考号与考生姓名都是压封的，根本不可能知道是哪个学生的试卷。如果考生和家长有疑惑，当然也可以交钱查卷，但那也不过再帮你重新统计一下计分是否有错，根本不可能重新给你判卷，除非你在上头有特别的关系。老师停了停，又笑道，要是真有那种关系，哪还用计较考分。我的意思您懂吧？

为了球球考分的事，孟芙蓉也单独约见了罗玉林。自从离婚，两人还是第一次单独在一起。她找的地方是避风塘，是那种交了钱就可以自由喝茶嗑瓜子说说话的地方。罗玉林跑出租，没少送客人来这里，自己坐进来，却还是第一次。一见面，孟芙蓉便说，球球怎么考得这么差劲？不至于吧！罗玉林低着头，不说话，只是将黑白两色瓜子在桌面上摆来摆去，好像沉迷进了迷雾重重的围棋之中，心里却在恨，你怪谁？你若不是心狠手辣把这个家甩手扔开，球球何至如此？孟芙蓉叹了口气，又说，我知道，你心里肯定在骂我恨我。我确实罪该万死，让自己亲生的儿子当众骂了打了也无话可说。可事已至此，我再悔再恨又有什么用？咱俩还是商量商量下一步该怎么办吧。罗玉林仍不吭声。他已经打听过许多人，球球考下的那个分，充其量够进职业高中，像当年他的爹他的娘一样。可当年他爹他娘上职高，心里还有个毕业后进北纺当工人的指望，眼下职高学生的前程又在哪里？况且，中考前报志愿，罗玉林只把希望盯在了北口高中，二愿三愿勉强填了市里的另两所高中，职高根本没报。现在想去了,听说那也得求爷爷告奶奶。可是，如果连职高都去不成，那就得在家待着，一个十六七岁的男孩子，哪能闲得住？时间一长，岂不要闲成无事生非的二流子？见罗玉林仍不吭声，孟芙蓉又说，那就让球球复读，明年再考。球球的脑子好，只要能沉下心好好读书，明年肯定考得上。你的事，就是回家好好跟球球商量，只要他点了头，去哪家学校，花多少钱，都有我来张罗，这行吧？罗玉林站起身，眼睛望着避风塘的出入口，总算冷冷地给了回话，你按月打进卡里的抚养费，我都给他攒着呢。只要他肯复读，你就不用操心了，还是回去过你的舒心日子吧。

回到家，罗玉林对儿子说了复读的事，球球的回答又让他大吃一惊。球球说，爸，你何必再费这个心。我要是想读书，其实这次我就可以考进北口高中。我计算过我考的总分了，在我们班，我考了第二。罗玉林一听此言，目瞪口呆，一时难解其意。球球拉开书桌的抽屉，从里面拿出一个用报纸裹着的纸包，放到父亲的面前。罗玉林心惊肉跳地打开，竟是三扎结结实实的百元票子。球球说，这是我给别人替考的报酬，都在这儿了。罗玉林仍是懵懂，问，你给谁当枪手？球球说，都是我们班上的同学，他们有偏科，我就分别替了他们。有人出的价更高，让我把几科一并替他考下。哼，我才没那么傻，他平时的成绩那么不好，冷丁冲进前几名，难免让学校生疑，真要查出来，我难免要跟着倒霉。这样多好，不显山不露水的，至于他们是不是考得上，也就怪不得我了。当然，考不上北口高中，兴许还能考上一高中或二高中，他们也不亏。

同在一个考场，手里执着真金真银货真价实的准考证，任何监考老师也难以发现其中的猫腻。只是，在交卷前的那一瞬，枪手才在考卷上填写了另一人的姓名和考号，而同一时刻，那人也在考卷上填写了枪手的考号和姓名。这样的舞弊，百年一遇，防不胜防，就是让孙悟空来监考，火眼金睛也未必派得上用场。球球说出那些话时，语气里虽也含着苦涩，却也不乏少年的骄傲与得意。

罗玉林发了一阵呆，明白了，突然重重一拳擂在桌上，那几扎票子跳了跳，有两扎落到了地上。他嘶着嗓子怒骂，我操你个死妈的，混账王八蛋！我要这钱干什么？我还没死呢，我用不着这么早就买个骨灰盒！你就用这钱给我去复读，明年再去考，给我考！

球球不急不躁，弯腰从地上捡起那两扎钱，放回桌上，平平静静地说，爸，你非逼我复读，那明年我也是再当枪手，再给你挣回几捆票子来。只是，明年会不会躲过风险，我可不敢给你打保票。武林道上，暗器谁还用两遭呀！

罗玉林再吼，你爸虽是穷，可还养得起你。你说，咱们要这钱干什么？

球球说，加上你手里存着的，咱买辆车呀。新的买不起，就买辆二手车，咱爷儿俩伙着开，你跑白天夜里都行，你歇着时就交给我。打仗亲兄弟，上阵父子兵，有这话吧？反正这辈子，我是不离开你了，更不会去念什么大学。我就不信了，咱父子凭着身上的这把子力气和勤快，这日子怎么就过不下去了？

看来，球球的这番话，是深思熟虑的，是死心塌地的，让父亲心酸，也让当老子的欣慰。一只气鼓鼓一蹦老高的皮球，霎时间气去囊瘪。罗玉林抚着儿子已粗壮起来的臂膀，眼里不由汪了泪水，潸潸而流。他说，傻小子，就凭你这点钱，还想买车跑出租呀？眼下，就是上头有关系，想把那套手续办下来，也得 30 万了。再说，你才 16，还是孩子呢，哪里就能考驾照？你可让爸说你啥好呀……

9

球球坚持不去复读，罗玉林也无可奈何，牛不饮水强按头，何用？再说，他也怕会读书的儿子再去当枪手，一次算侥幸，难保下一次不会栽进去。跑出租的人最不缺的是信息，车上的收音机整天在响，每当中考高考前后，都要说一说考场舞弊的事。舞弊的招法五花八门，闻所未闻，其中已讲到了应届考生为谋钱财，替人当枪手的事，还说魔高一尺，道高一丈，教育部门和司法机关已有了拆招破招，从严打击的对策和谋略。球球真要栽了跟头，休想逃避法律的惩罚，起码要进少管所。这般一想，罗玉林就把逼儿子复读的念头收起来了。

收音机里也送来好消息，说市里有所职业高中，和省城的一家大型汽车制造企业联手办了一个班，专为已在各地蘑菇样设立起来的4S店培养汽车修理工，条件是只要男性，且必须是高中毕业生。想起当年自己高考落榜去北纺厂的情景，罗玉林不由得深深叹了口气。娘的，龙生龙，凤生凤，耗子生儿会打洞，看来球球也就这个命了。回到家，他把送球球去学修理工的事说了，球球回答得很痛快很干脆，说只要能跟爸在一块儿，让我干什么都行。可只一刻，球球又不无忧虑地说，人家要的是高中毕业生，我……成吗？罗玉林说，满街墙上写的都是办证，花俩钱儿呗。球球说，只怕不光是钱的事。听说只要上网一查，真假立时就现原形。罗玉林想了想说，毕业证书的事，我去想办法。这一阵，你给我在家好好自修一下高中的课程，尤其是数理化，千万别让我费了九牛二虎的力，到时你再露了楦头（华而不实的真相）。你好歹也得给你爹混个虎皮色吧。

罗玉林的办法，只能是再去和孟芙蓉商量。但这事的详情细节却不可对儿子泄露一星半点，他知道球球对母亲的怨恨之心太深太重，一旦知道是靠着母亲的羽翼躲风凉，十有八九又要抗拒不从。孟芙蓉对儿子的铁心不肯复读也是空有叹息，回到尹家，再鼻涕一把泪一把地把这只难以处理的球传到尹恒脚下。正巧古驿高中当时因扩建校园的事与区里常有交涉，那天，尹恒单独约见校长，公事谈毕，故意轻描淡写地说了毕业证书的事，校长立时大包大揽，说这事交我办。尹恒说，你可别弄个假的糊弄我。校长说，这点事我再弄不明白，扩建校园的事我就没脸再找你啦。

毕业证书到手，罗玉林带儿子去报名。16 岁的球球虽说长得高高大大，但脸上的稚嫩之气却难以掩饰。职高的教导主任暗中接了罗玉林塞过的红包，却把丑话说在了前头，说，这一关，我就睁一眼闭一眼了，但开学后学校还要搞测试，各科都要考一考，那一关要是过不去，你可别来找我讨要报名费呀。球球抢着替父亲回答，考就考，谁怕谁呀！

开学后的那一考，竟让初中毕业生罗孟雄在众多高中生中大出了一次风头，总成绩考进了前五名。若细想，倒也不奇怪，罗孟雄本是中考中的翘楚高手呀，扎实的基本功在那儿呢，而他面对的那些人不过是些大学漏子，羊群中的骆驼和骆驼群中的绵羊的差距立竿见影。大学扩招已有数年，那道门槛已不知矮了多少，整个社会的升学率高达百分之七八十，再过不去的只能怨天怨地怨爹娘了。况且，为备战这一考，那俩月，本有着超常天赋的球球也算废寝忘食地狠狠恶补了一把，临阵磨枪，不快也光。一年后，有位职高的老教师打车坐罗玉林的车，不经意间说起球球，老师叹息说，那孩子，送职高真是可惜了，凭我这些年摆弄学生的经验，随便你把那孩子送进哪位大学，也不是个打狼垫底甘居人后之人呀！罗玉林苦苦一笑，无言以对。

球球在职业高中学得不错，随意加认真，轻举轻放，腾挪自如，丢开那空自嗟叹的宏图大愿不说，罗玉林倒也从儿子的安宁中获得一时的生活平静。那两年，每日早出晚归，收入基本可有保障，日子倒也过得和风细雨，少有波澜。只是隔年的入冬时节，哥哥从老家打来电话，说母亲得了病，吃不下，睡不宁，一日日消瘦，送县医院看过，医生建议快去省城大医院。母亲却不为所动，坚持留在家里静养，还说生死有命，不让再糟蹋钱财。罗玉林听了大惊，急急告假，一人回了老家。

母亲面色青紫，骨瘦如柴，腹部却陶盆样硬硬鼓鼓，摸了让人心惊。罗玉林将哥哥和妹妹拉到另一房间，说过年时我回来，老妈的脸色虽也不好，怎么一年不到，就重成这个样子？妹妹说，自从乡里招商引资建起那么两家化工厂，南北村屯这几年都死了好几十人了，都是这样的病。罗玉林问，到底是什么病？妹妹说，就是那个病呗，我都不敢说出口。罗玉林说，不管是什么病，宁可治死，不能等死。别跟老妈费口舌了，快张罗车，马上出发。一直苦着脸吧嗒吸旱烟的哥哥说，照说，这个主意应该由我这当哥的拿。可我不敢张这个口，就是腰杆子想硬却硬不起来，臊死人啦！罗玉林说，大哥，别这么说。只要尽力了，兄妹们就都无愧于世人。眼下，我好歹也算城里人，挣钱的路数总比你们活泛。我现在就给你们亮个底，从家出来，我带出五万。给妈看病，先花这五万，缺多缺少，你们再想办法往里添，行吧？

几天后，主刀医生从手术室出来，对候在外面的三兄妹摇头说，晚了，严重扩散，只好缝合。拆线之后，愿在医院养就留下。我的意思，还是回家吧，兴许还能让老人多活几天。

绝望的兄妹带母亲回了老家。母亲虽不问，心里却一清二楚。一日，当身边只剩了罗玉林时，母亲拉住他的手问，老二，你跟你媳妇过得还好吧？罗玉林忙说，妈，您别多想，我们过得挺好，真的挺好的。母亲摇摇头，说，你别瞒我了，妈不傻，啥看不明白？这几年，逢年过节的，你都是自个儿一人回来，怎么就没见你们一家三口一块儿回来过？芙蓉也不是没回过，可都是独往独来，在家里坐上那么一小会儿就走了。罗玉林说，我和她不是都在开出租车嘛，两个人，一辆车，离不开人的，车离人饭碗就砸了。母亲喘息着说，那妈就再信你这一回。照说，芙蓉那孩子可是招人疼的，不光人长得漂亮，还能干，不懒泥不懒水的，肚里的墨水也不比你少。可当初嫁了你，人家一分钱彩礼都没要，过后也从没说过一字抱怨喊屈的话。这几年，她哪次回来，手上都提着大包小裹，吃的用的都替妈想在头里了，走时还非得给我留下零花钱，就是亲生的闺女又怎样？可妈看她的眼神，里面怎么就有说不出的苦呢？妈也是说走就走的人了，她要是只为留城里开车，那你就让她想想办法，务必抓紧再回来一趟。妈临走不跟她说说话，闭不上眼呀……

临终之人的恳求，罗玉林无法推搪。他趁尹恒上班时间，给孟芙蓉打去电话，实话实说，一无遮掩。孟芙蓉听了，声音里立时带了哽咽，说，老太太病成这样，怎么不早告诉我？我安顿安顿，这就出发。

孟芙蓉给尹恒的理由是自己的娘家妈病了，需要回家照看几日。在处理与孟家及罗家父子的关系上，尹恒一直表现得挺大度。孟芙蓉从没主动邀请过他一起回娘家，尹恒便识趣，也乐得省心。见了面说什么？如何称谓先就是最难过的一关，毕竟他和孟芙蓉年龄差着十几岁呢。在与罗家父子的事上，他也采取不闻不问的姿态，但只要孟芙蓉张了口，他也都尽力而为，从不推诿躲避。此番，在电话里听孟芙蓉说要回娘家，他的叮嘱也只是多带点钱，该花就花，别小家子气。

孟芙蓉是入夜时分进的家门，进了屋就扑到老太太怀里哭了。母亲望着站在一旁的罗玉林，宽慰地长舒了一口气，对孟芙蓉说，你这一回来，妈就放心了，玉林和球球，妈都交给你了。孟芙蓉不好多说什么，只是擦着泪水不住地点头，说，妈放心，放心吧。

那一夜，婆媳二人说了很多话。夜深时，母亲赶罗玉林和孟芙蓉去休息，说，我身边留下你妹妹就行了，你们还是去睡东厢房，你们结婚时就是睡的那屋，我早让你哥你嫂给收拾出来了。明儿吃过早饭，你就回去吧，城里还有活计和孩子呢。孟芙蓉说，那边的事，我都安顿好了，我多陪妈几天。母亲坚决地摇头，说，不用，钱挣多挣少，我不操心，可球球毕竟还是半大小子，家里又是电又是火的，你不回去，我的心反倒悬着。我现在无牵无挂了，你还是回去吧。

老太太究竟察觉到了什么？又是从哪儿察觉到的呢？孟芙蓉与罗玉林分手后，一直没将离婚另嫁的事说给娘家人和罗家人，每次回娘家，不管时间长短，必是要带上礼物来婆家坐一坐。罗玉林心照不宣，依葫芦画瓢，只要回老家，也定要去孟家照个面。只是，他坚决不带球球回老家，怕的就是小孩子的那张嘴口无遮拦，给出的理由则是，孩子学习太忙，连寒暑假都要补课。

夜深人静，昔日的夫妇躺在了东厢房的热炕上，枕头挨着枕头。火炕烧得热烘烘的，是罗玉林的嫂子烧的，病中的老太太一再叮嘱，多烧点。窗外，凛冽的寒风掠过，发出悠长而尖厉的呼啸。这个房间是当年的洞房，这个记忆让人难忘，温馨又酸涩。弥留之际的母亲特意安排两人一定要重新睡在这里，那份期盼比嘴巴说出来沉重百倍。

黑暗中，两人都瞪着亮亮的眼睛望着屋棚，睡不着。孟芙蓉说，我还是想留下来，把妈……的事处理完再离开。

罗玉林拒绝了她的那声妈，说，老太太让你回去，你就回去。回去不好说，可以先回娘家住两天。

孟芙蓉扯过挎包，从里面掏出两扎票子，放在罗玉林的枕旁，说，老妈一辈子不容易，走时风光点。

罗玉林说，治病没花多少钱，我带着的还够，不用。

孟芙蓉说，总得让我尽尽心意。

罗玉林没再吭声。静默了好一阵，孟芙蓉去扯罗玉林的被子，身子也靠过去。罗玉林却把被子更紧地裹了裹，吐出两个字，埋汰。

孟芙蓉不动了，接着便是忍不住地低泣。罗玉林心中酸痛，好一阵，又说，你别多心，我是说我自己。

两人分开这几年，正值壮年的罗玉林想洁身自好也难。他去过城北“花子乐”那条街，他也进过小巷深处的洗头房，为了那片刻的荒唐，他鬼鬼祟祟扔进医院好几千元钱，注射青霉素连霉素杀毒抗菌。有同病相怜的朋友给他出主意，说，不想结婚，就找个相当的打伙计，两方便，也干净。可家里还有个半大小子呢，那让孩子怎样想？后来，他就偷偷交了个“女朋友”，时髦的说法，应该叫性伙伴。需要了，两人凑到一起，事毕，就阿猫阿狗一样地分开。朋友嘛，不须一把一利索，但逢年过节，或者人家告诉你过生日，你多多少少总得有点表示。为这事，罗玉林很瞧不起自己，每次完事分开，他都用最恶毒的言辞咒骂自己，恨不得一刀割去裆间那无耻的……

一夜无话。可那一夜，两人心中的话，就如窗外的山风，太多太多，不止不歇，有悠长的呼啸，也有喃喃的低吟。

10

孟芙蓉远行归来，是在第八个年头上。

还是那幢上世纪 70 年代北纺厂建起的楼房，早听说要动迁，却迟迟没见明确的动作。还是那道罗玉林当年亲手包了铁皮的家门，甚至连钥匙都没换。孟芙蓉手里拖着的，仍是当年离开时带走的那只拖箱。一切，真的就像出趟远门后重回故里。孟芙蓉手上虽握着钥匙，但她没有自己开门，而是打电话给罗玉林，说，我在家门口了，你早点回来行吗？罗玉林什么都没说，很快就回来了。孟芙蓉重进家门，也是什么都不说，进了屋就里里外外地打扫清理，还动手淘米做饭。

那年，罗孟雄21岁，在上海通用汽车的4S店里已经工作了两年。毕业时，分配双向选择，国内几家大的汽车制造公司，凡是在北口市已建起4S店的，都派人来学校挑选修理工。罗孟雄天资聪颖，反应机敏，手脚灵活，而且还能简单应对英语对话，这些都让他格外受青睐。罗孟雄去了通用，除通用公司在世界上的名气和给出的工资略高一些，还因为来人说，根据未来的发展需要，公司将不定期选派优秀的技术工人去欧美总部培训。那就是出国深造了，罗孟雄特别看中了这一点。4S店的工作很忙碌，尤其是入夜那一阵。那天，罗孟雄回家很晚，进门就感觉了不一样，丰盛的晚餐已摆在南屋小圆桌上，房间里格外整洁，当然，他还看到了仍在厨间忙碌的孟芙蓉的身影。他怔了怔，旋即就明白了，转身往外走。罗玉林没让他走出多远，追上去，在楼门外抓牢了儿子的胳膊。

“你妈回来了，怎么连句话都没有！你去哪里？”

“我妈早死了，我没有妈！有她在，我只有另去找地方吃饭睡觉。”

“混账话！你妈就是有天大的不是，也是你妈。哪怕她明天被押上刑场，今晚你也应该跪下身子，给你妈洗洗脚，送她上路。男人可以休了辱没门风的老婆，儿女却不能不认生他养他的亲娘。羊知跪乳，乌鸦反哺。球球，咱不说那个孝字，但做人总不能忤逆呀！”

“那你为什么还让她回来？”

“傻孩子，你哪知你妈的心有多苦呀！要是只因为家里的日子苦，我猜她不会走。你奶奶临死前，她也回老家去了，你奶奶拉着她的手不放。球球，你不能伤了你妈，再伤你奶奶的心呀！”

“没有她，咱们照样活得挺好。爸，你让她滚蛋，愿去哪儿去哪儿。往后，你愿开车就开开，不愿开就在家闲着，我养你，我养得起你！”

“你要是死活不要你妈，那你就连亲爹也不要了……”

父子俩重回家里，坐在桌前默默咀嚼着百味杂陈的晚餐。孟芙蓉没有上桌，一直躲在厨房里擦洗。罗玉林叫了她两次，她说，这两天胃口不好，你们吃吧。父子俩在家门外待了那么长时间，回屋时脸色都不好，虽未亲耳听他们说了些什么，也猜得八九不离十。那道深深的裂痕，只有等待时日慢慢弥合了。

出门远行，按孟芙蓉原来的打算，大致是十年时间。之所以八年头上就回来了，应该说，其中不乏婆婆的因素。婆婆弥留之际的眼神，似一道上天的符，不时在眼前闪现。当然，除此以外，尹恒也给了她机会和理由。尹恒年近六旬，日薄西山了，身子骨看上去虽还硬朗，但在性事上却日渐不堪。这是自然法则，换了谁都抗拒不得。可尹恒跟许多老男人一样，偏在这路事上不肯服软，不知从哪里弄来各色药物，偷偷服用。孟芙蓉不会发现不了异常，她将那些药物翻出来，当着尹恒的面，将那些东西扔进抽水马桶，哗哗地冲走。尹恒气得大叫，说，你冲走干什么？我不吃了还不行吗？孟芙蓉正色道，这是毒药，你透支生命慢性自杀，我怎么可以佯装不知！但如果哪一天，你突然发病救治不及，你的兄弟姐妹三姑六舅逼着向我要人，我可怎么解释？责任是在我这骚狐狸，还是你老不正经？

有了这一次，尹恒也算忍过一段时日。但老男人的那份贪欲之心有如瘾君子发作，想改也难。当铁证再一次落在手里时，孟芙蓉便借题发挥，顺坡下驴，并要把事情做得干净彻底了。她把早备好的拖箱拉到尹恒面前，说，咱俩好说好散，就此分手。但临走之前，我还是要奉劝你一句，以后你不管又找了谁，也不管她如何年轻漂亮，你切切不可再祸害自己。人上了年纪，不行也是正常，益寿延年，多活几年才是正理。尹恒见孟芙蓉玩了真的，忙满脸赔笑说，不敢了，再不敢了。你好歹收起斩立决,还是给个缓期执行,以观后效才好。孟芙蓉说，上一次，我已经缓过你，这种事，哪好一而再再而三？我实话实说，这些天，我是一直提心吊胆过日子，连睡觉都难得踏实，只怕你出点什么意外我难逃干系。你我都好自为之吧。尹恒见孟芙蓉去意已决,也变了脸色,说，你不会是早就存了这份心吧，看我快退休没啥油水了，才走的这一步？孟芙蓉闻此言，也撂下脸子，打开拖箱说，你既这么说，那我就更不可留。人说话，总得讲点良心，不要良心也得拿出证据，总不可信口胡说。我来你家八年，前几年的每月生活费是三千，后来钱毛了，你主动加到五千。至于其他开销，都是一事一账，事后我也都向你作了了结。既然是我提出分手，那就活该让我净身出户。我要带走的东西都在拖箱里了，也就是我随身穿用的一些东西，你不妨查查看，现在就查，千万别客气，不然，我承受不起。要说额外的，就是我手上还有两千来元钱，是这个月没花完的生活费，我要另找地方安身活命，身边总要有几个救急的钱，你若说留下，我也给你留下。家中柜子里还有一些我的衣物，你看若可以让我带走，那就等安顿下来后，我会再来，一次带走。尹恒见孟芙蓉已把话说到这个份上，看来真是去意已决，再强留不定又惹出些什么话，那自己也作长远考虑吧。他说，你来我家这么些年，我本想半路夫妻也可图个长久，所以，很多事我从没瞒你，也没想瞒你。你既然决意要走，那就好说好散。只是，关于我，关于这个家，有些事，你该忘就忘，该说不知道就说不知道，但愿都别给你我日后的生活埋下地雷，弄出些怨恨或不愉快。如果你以后的日子遇到什么困难，也希望你能想起我这个老大哥，只要我力所能及，我一定尽力而为。孟芙蓉心里酸上来，她明白尹恒心中的忧虑，也为那一声老大哥。她说，这个，何须你叮嘱。我是什么样的人，我不想说，那要靠时日证明。我要真想讹你坏你，哪用等到今天？世态如此，我一个小女子别无所求，也图个身安心安。我要提醒你的只一句话，钱财上的事，生不带来，死不带去，见好就收吧。尹恒暗暗吐出一口长气，说，莫说八年，就是八天，也是缘分，我会在心里记住这八年的好日子。下次你来，咱俩把手续办了，从此你我都自由。再有，我给你十万元钱，作为对你的补偿。那辆雅阁小车你也开走，那本来就是给你买的，留在这儿反倒让我看着伤心……

孟芙蓉拉着拖箱，走出楼门，走出小区，泪流满面，再没回头。她不想让尹恒看到她的泪水，如果尹恒这时候再求她别走，她不敢保证自己的决心会不会动摇。虽说还要回来取东西，但此番离去，毕竟意义不比寻常。身后这个小巢，也曾是自己的家，安乐又富贵。安乐小巢中的那个男人，若论当官，不够格，贪心过重。可眼下，两袖清风的官员又有几个？但要论半路上搭帮过日子的男人，他就算不错的了。他从不对自己吹胡子瞪眼，他在钱财上从不斤斤计较，他在涉及她娘家和球球的事上，也算有求必应，花钱出力动权势都不吝啬。在走前的许多夜晚，孟芙蓉睡不着，看着黑暗中响着鼾声的这个男人，心里不由得一次又一次想，若是跟定他，一辈子这样吃穿不愁地过下去，也算不亏了。记得不久前尹恒拿回一张碟，是原版的《色戒》，两人一起看了，看得惊心动魄。过后，她还去网上找出些对张爱玲作品的评论。

据说，张爱玲说过，女人的思想是从阴道进入的，那句话似可成为对《色戒》原著小说的诠释。可孟芙蓉却另有自己的想法，仅仅是关乎情色吗？王佳芝在上海滩过惯了花天酒地纸醉金迷的生活，还怎么可能愿意重新回到那吃了上顿、愁下顿颠沛流离的日子中去呢？应该说，人的思想是每片皮肤每个汗毛孔都可以渗入的，不管男人或女人。她把这个想法说给尹恒，尹恒一再夸她有见识。应该说，对尹恒，对尹家的生活，孟芙蓉早生出了依依不舍的感情。可自己留在尹家，罗玉林和儿子那里又怎么办？当初，自己可是对罗玉林许下诺言，出门远行，十年为限，到时还是要回去的。哦，对了，球球总要长大，等他结婚时，明的暗的多贴补那爷儿俩一些，帮他们买一处新房，还可以帮他们添置一辆带了全套运营手续的出租汽车，那自己也就算对得起良心，也对得起罗家了……

孟芙蓉的这个想法，就像滞留在半山腰的一块巨石，越陷越深，也越陷越稳固，宛若扎下了根基。但那次，婆母弥留之际的叮嘱，却有如在她心中闹起一次震级不小的动荡，地动山摇中，那块巨石被撼动了，顺着山势滚落，无人能够阻止。孟芙蓉在心里说，既然一定要滚落，那就快点吧，落到山底，才算最后的踏实。也许这就是命，认了吧……

11

在孟芙蓉重回家门的最初那段时光，她也曾从邻居们的目光中读到了鄙弃和猜疑，但很快，也就释然了。那有什么呢？当今社会，离婚的多了，离而复合的也不少，谁知道，那同出同入亲亲热热的貌似夫妻间，有多少人其实怀里是揣了离婚证的呢。各家自扫门前雪，何苦去关心别人家门内的事情呢。有一天，孟芙蓉把自己与尹恒的离婚证拿给罗玉林看，说，咱俩再把结婚证办回来吧。罗玉林淡然一笑说，眼下离婚证可比结婚证值钱多了，往后买车买房交供暖呀，不定哪项就用得上，留着吧。孟芙蓉没说什么，把那纸片片重又藏起来，心里却是怅怅的。

球球跟孟芙蓉，一直冷冷漠漠，还没开口喊过妈。下班回来，看桌上有饭菜，他便坐下来吃，吃完嘴一擦，回了北屋小房间，门闩得死死的，去网络世界寻找自己的快乐。儿子的许多事情，孟芙蓉都是从罗玉林嘴里间接知道的，她的一些想法，也通过二传手罗玉林转达，球球爱听时会应一声知道了，不爱听便扭头又回自己的小房间。对球球的冷漠，孟芙蓉不急不躁，血浓于水，雪怕见日，到了时节，大地回春，冻成什么样的冰坨坨能不化呢？

每天，球球去4S店上班，罗玉林早出晚归跑出租，留下孟芙蓉在家里。其实，那一阵，孟芙蓉也没闲着，她将雅阁小车开出去，满市区转。转了半年后，她将两份包括出租车从业证在内的全套手续放在了罗玉林面前，一份署名罗玉林，一份署名孟芙蓉。她说，旧车本来也可以一并买下来，但我没要，咱们买两辆新款捷达吧，不贵，也抗造。愿意开，咱俩就各跑一班；不愿跑，就都放出去，收回来的份子钱足够家里过日子开销了。罗玉林大惊，惊得嗫嚅着说不出话。他太知道跑出租的这套手续市里管控得有多紧了，私下里一辆车的手续已值50万了，两辆车，那就是100万！100万呀！她哪来的这么多钱？好一阵，罗玉林才笑说，做梦也想不到，下岗工人也有不劳而获这一天呀！孟芙蓉说，多亏了你没急着办复婚，不然，一家子办两辆，市里还另有规定不给办呢，有人转让也不行。罗玉林情之难遏，不禁拿起手续放鼻下闻了闻，还深深地抽了抽鼻子。孟芙蓉看着好笑，说，闻啥呢？不过是几张纸，又不是千层饼。罗玉林不答，可心里却想，好像哪位名人说过，资本的原始积累，难免浸染血腥。他是要闻闻，这套手续里是否果真含进了那种味道。

过了些日子，孟芙蓉又拉罗玉林去新建住宅小区看了一套房，120多平，位置格局和小区环境都不错。孟芙蓉说，球球大了，总得有一套自己的房子结婚生子，眼下的房价一天天见涨，迟买不如早买，还是早下手好。首付30万，我出，家里有了两辆出租车，按揭那一块，应该不是问题。罗玉林又是惊，有心问孟芙蓉手里到底握有多少钱，但他没敢问，也不好问。

办了这几件事，应该说，已基本掏空了孟芙蓉的全部。孟芙蓉舍身饲虎，进了尹家之门，早存了私匿一笔钱的念头。尹家有一间书房，尹恒进去时都从里面闩上，出来后就锁严了门，连打扫卫生都由他亲力亲为。孟芙蓉知道，那间屋子才是尹恒的最大秘密。她给自己的定位是，为防尹恒察觉，大钱莫动，却要吃下尹家的跑冒滴漏。跑冒滴漏是她当年在北纺厂时学来的一个词语。企业要搞产品成本核算，自然要在节约每一度电每一滴水上做文章。那一滴水一度电虽微不足道，但滴水汇河，集腋成裘，聚在一起也是大数目，只是在跑冒滴漏的过程中很少引人注意。孟芙蓉跟尹恒玩这一手时，本也没有什么特别的伎俩，不过是多动点小心思罢了。比如每月生活费三千，但节俭点花，两千足够，剩下的那一千就漏给了她；比如她说要去健身美容，资金若干，尹恒不会不答应，她不过象征性地去过那么两三次，多余的部分便跑进了她的小金库；再比如，尹恒下班时常带回些名烟名酒，逢年过节送到家里来的更多，她说这些东西不可存放，过了期一毛不值，尹恒便让她处理。她交回的票子有时也让尹恒起疑，她冷笑说，现在送礼的也玩花活儿了，竟把假茅台假中华烟也送了来，咱们看不出，却逃不过专做这种生意人的眼睛。尹恒不光信以为真，还为送礼人开脱，说他们也未必知道是假，这年月，谁不是迷迷瞪瞪雾里看花呀。于是，一笔笔数额不菲的款子便水一般流向了另一条别人早掘好的渠道。尹恒和许多大大小小的贪官一样，在钱财之事上想不大度都难，因为送礼行贿的人太多，他们便只关注还有谁该送而未送，至于送的是什么，又是多少，早成了过眼烟云。

依着孟芙蓉的意思，家里买下两辆出租车的事是要瞒着球球的，年轻人嘴松，这种事说出去，不能不让人猜疑，若传进尹恒耳朵，后果可能更严重。罗玉林为此深表理解，他对孟芙蓉的理解还不仅限于此。她没到十年，果然就回来了，手上还带着令人咋舌的硬通货。不就是陪别人睡了八年觉吗，那丢了什么？况且还是领过离婚证结婚证的。有奋斗就会有牺牲，法律有缝隙，不去钻才傻逼，把钱抓到手才是硬道理。自己也去找过街边女，那又怎么样？裤子一提，连模样都记不住。笑贫不笑娼，这世界不就这样了么。但买了房子后，他就觉得不能不说给球球了。球球和母亲一直僵着，家里的气氛让人压抑，罗玉林想，如果把这事说给球球，让他理解为娘的良苦用心，也许会对缓解母子关系有些好处。他将那纸房产证明拿给儿子看，说，房子我看了，保证让你满意，你妈说装修的事由她办，咱爷儿俩不用操心。没想球球又是冷笑，说她甘当鬣狗，那你和我又是什么？罗玉林怔了怔，听明白了儿子话里的意思，他是在用电视里《动物世界》的生存法则说事。非洲大草原上，狮群或猎豹捕杀角马羚羊，鬣狗尾随其后等待残羹剩饭，再其后是秃鹫，再再后面还有老鼠、蚂蚁和屎壳郎，直到把角马羚羊化为尘土。罗玉林不想在这事上与儿子争辩，收起购房证明，不无尴尬地退下了。

秋天，孟芙蓉开始忙着装修新房子了。那天，她回家挺早，进屋就开始准备一家人的晚饭。罗玉林交了车，也回来了，忙着帮择菜。球球回得也挺早，先躲进北屋不知发一阵什么呆，闪出来，去南屋孟芙蓉的挎包里翻出雅阁车的钥匙，经过厨间门外时住了脚步，重重咳了一声，还将手里的钥匙扬了扬。那个动作，罗玉林和孟芙蓉都看到了，两人对望一下，心中都陡然生出欣喜。这似乎是个好兆头，是母子情感化冻的信号，那把钥匙或许真能打开儿子心中那把锈蚀的锁。此前，球球从没主动翻过孟芙蓉的挎包，更别说抓钥匙去开雅阁车。罗玉林手里抓着芸豆，还追到门口冲着楼道喊，早点回来呀，你妈等你吃饭呢！

但是，两人谁都没料到，仅仅是片刻，交警打来电话，说罗孟雄交通肇事，请家里马上来人。二人大惊，闭了灶上的火，急急打车赶往出事地点。被撞的是辆超级名牌红色跑车，高级得让好多人叫不出名字——法拉利！法拉利停在路边停车框内，不远处是帝家大酒店。雅阁车顶在了法拉利左侧，自身右前大灯爆碎，车内的保护气囊自动打开，法拉利的后门则深深地凹陷进去。现场还保持着原样，周围聚了许多看热闹的人。二人下了出租车，冲到保护现场的交警面前，慌慌地报上姓名。交警是位中年人，与二人年龄相仿，没开口先笑了，说，你家公子的眼力不错呀，专挑名车给你们撞，好在车里没人，不然你们的损失更大了。孟芙蓉急慌慌地问，人呢，我儿子他人呢？交警说，是问肇事司机罗孟雄吧？他主动报警，等我们赶到与你们取得联系后，就让他去医院了。不过，不用怕，依我看，没多大事，保护气囊起了作用，头部和主躯干都没伤着，只是左腿受了伤。他临走时说了，这事怎么处理，全由二位拿主意。交警又摆手招了招靠在法拉利车身上吸烟的小伙子说，哎，你也过来。这事呢，责任全在雅阁，要说大，确实挺大；要说小，也就是赔偿款的事。你们双方商量，是私下和解，还是由法律裁决，我们都尊重、支持。罗玉林嘟哝说，我儿子就是修汽车的，车开得老溜了，不至于呀。不会是雅阁车方向盘或刹车有毛病吧？孟芙蓉捅了他一下，不让他再往下说。溜不溜，有用吗？他是不是修车的，跟这有关系吗？即使雅阁车真有毛病，你报修了吗？本田系列的车报修也不会去通用的 4S 店吧？秃子头上的花大姐，明睁眼露的，就别说了吧。

球球左腿小腿骨折，住进了医院。那几天，罗玉林忙着去护理，孟芙蓉却一次也没去。没去的理由很充分，她要忙于事故的善后处理。满身是理的受损方不可能容忍肇事方拖沓，尽快了结的唯一办法就是一次性全额赔偿。为修复法拉利，车主孟芙蓉赔付了人民币120万元，她卖掉了刚买到手的包括从业资格证在内的两辆出租车，一夜之间，罗玉林和孟芙蓉重又变成一穷二白的下岗工人。

罗玉林接儿子从医院回到家里那天，正值天空飘下了这一年的第一场冬雪。家门打开，室内空空，罗玉林大声招呼了两声，孟芙蓉没有回应。他又去两个屋子看，狭小陈旧的家里只缺了她的那只拖箱。小圆桌上留有一张孟芙蓉亲笔写的纸条，“我再无力，只想找个地方，一个独属我一个人的清静地方。不要找我，也不需再等我归来。祝你们父子二人从此和顺安康。”

球球发了一阵呆，突然抓住父亲的手，哭着说：“爸，我妈呢？我妈去哪儿了？你一定要把她找回来呀！”

罗玉林狠狠甩开儿子的手，红着眼睛喊：“你还知道她是你妈呀？”恨过骂过，他又颓然叹道，“谁知你妈去了哪儿，还找不找得回来呀……”

蓝名单 |杨少衡|

杨少衡，男，祖籍河南省林州市，1953 年 12 月生于福建省漳州市。1969 年上山下乡当知青，1977 年起，分别在乡镇、县、市机关部门工作。毕业于西北大学中文系。现在福建省文联工作。1979 年开始发表小说，已发表小说二百余万字。出版有长篇小说《相约金色年华》《金瓦砾》，儿童文学长篇小说《危险的旅途》，中短篇小说集《彗星岱尔曼》《西风独步》《红布狮子》《秘书长》等。中国作家协会会员。

1

对方还算客气，一见简增国到，为首的洪主任即站起身，主动伸出手，与简增国握了握。另外几人坐在各自的位子上，也都点点头表示问候。

“简主席，请坐。”洪主任说。

简增国说：“不客气，叫我老简吧。”

“简主席是老领导，希望能配合我们工作。”

简增国称非常乐意配合。今天星期六，各位同志还在兢兢业业，值得钦佩。他退休已经三年多，所谓“天天双休日”，不上班呆在家里，偶尔被请到哪个会场坐坐，名字前边得加个“原”，市政协原副主席某某。老家伙没用了，只怕帮不了什么忙。

洪主任说：“简主席能帮上忙。我们了解的事情发生在简主席任上。”

简增国回答：“当然。老年大学什么的拿不到这里说。”

简增国谈笑风生，镇定如常，没有丝毫紧张。估计走进这间屋子的大小官员里，很少有谁能像他这样放松，不管是现职官员，还是如他这样进入“原”字号系列的所谓“老领导”。此刻无论谁在这里都差不多，免不了心里忐忑，或称“心怀鬼胎”。原因显而易见：这里是办案现场，屋里这些人属于“1022专案”人员，他们来自省纪委。“1022”指的是10月22日，那一天有一位高层领导在一封举报信上作了一段措辞严厉的批示，一个地方官员因此引起注意，一起腐败大案进入办理。目前案件主角，本市市委副书记蓝伟立已经被“两规”，进了省城某办案地点交代问题。洪主任等一组人员奉命来到本市调查取证，驻于市宾馆八号楼，这座楼成为办案重地，近期内不断有本市官员和企业主被通知到这里接受问讯。专案人员不是拉网讨小海，抓到什么算什么，人家有的放矢，有幸接获通知到此一游者无不与蓝伟立及“1022”案有所牵扯。简增国当不例外，但是他表现格外镇定。

洪主任问：“简主席知道我们的任务吧？”

简增国表示他有所了解，同志们办理的是蓝伟立一案。他感到痛心，蓝伟立年富力强，身负要职，前途看好，没想竟然出了事。

“简主席了解蓝伟立牵涉哪些事吗？”

简增国摇头。

“简主席跟蓝伟立接触多吗？”

简增国称自己与蓝伟立认识多年，蓝伟立从省城下来当市政府秘书长时，简增国还在县里工作，他俩当时就开始打交道。那以后上级决定让简增国与蓝伟立交流岗位，因为事务交接，他们接触比较多。后来这么些年两人相处一直不错，在非正式场合，他会开玩笑管蓝伟立叫蓝大人，因为人家大块头，有来头有派头。蓝伟立则称他“师长”，那也是开玩笑，说的不是带兵打仗的师长，而是剃头师，也就是理发匠。简增国在政协当副主席那几年，不时有些公事需要蓝副书记支持，蓝都能大力相助，为此简增国还心存感激。蓝伟立位高权重，对已经出局或者即将出局的老家伙却还关照，不像一些人根本不放在眼里。

“简主席今年不过六十多点吧？”

简增国念个顺口溜：“六十岁官大官小一个样，七十岁钱多钱少一个样，八十岁男人女人一个样，九十岁死的活的一个样。”

“简主席会理发？”

“其实一窍不通。”

当年简增国在基层工作，喜欢引用本地一句土话，叫作“剃头师权大”。意思是说，理发师手握剃刀，想怎么修理就怎么修理，可以在皇帝头上动刀，所以权力最大。有人因此开玩笑将简增国比喻为剃头师，表扬他在该行当内可算高手，级别远远超过“师”级，已经可称“长”级，有如厨师长，简称“师长”。

洪主任突然转口单刀直入：“简主席跟蓝伟立有私人往来吗？”

“私人往来指什么？”

“金钱方面的。”

“没有。”

“没有吗？”

简增国毫不含糊：“没有。”

洪主任不说话，看了看简增国。

“简主席，请再回忆一下。”他强调。

简增国笑笑：“不需要再回忆。我跟他没有私人往来，包括金钱往来。”

“简主席不觉得我们找你一定有些原因吗？”

简增国说：“我也奇怪呢。一定是哪里出错，或者误会了。”

话说到这个份上，洪主任不再追问，起身送客。把简增国送到门边，他不紧不慢加了一句：“简主席，如果想起什么来，请主动跟我们联系。”

简增国说：“放心，虽然老家伙不中用，还没老年痴呆。”

本次讯问就此结束。洪主任提出了问题，却没有紧追不放，也没有透露具体追查事项。显然他们手中有了某个线索或者疑问，但是还处于了解摸底范围，还没有得到授权对简增国采取更强有力的追查办法。简增国虽已退休，毕竟是前市领导，办案人员还需要对他保持相当客气。简增国在交谈中一再调侃自己是“老家伙”，连“九十岁死的活的一个样”都拿出来说，似乎真觉得自己老成什么样了，其实只是策略，着意强调自己已经不在职，跟台面上活蹦乱跳的现任官员不一样，查他这种无职无权的退休人员有啥意思？哪怕把他查倒了，还能再拿掉他什么帽子？“政协原副主席”需要撤吗？论办案功劳也要打折扣的。所以还是算了吧，别缠着老家伙。

简增国回到家时已经快中午了，简妻林淑惠还在厨房里忙活，外头饭桌上已经摆了炒好的两个菜，热腾腾菜香四溢。简增国把掩着的厨房门推开，一见妻子扎着围裙在水龙头边洗锅，即打趣：“林老师还没忙够？”

林淑惠说：“回来就好，饭菜凉了，快吃饭。”

简增国问：“你想儿子没有？”

林淑惠说：“是你想他了。”

简增国把厨房门再掩上，回到厅里给儿子简哲挂电话，挂的是手机，铃响好一阵，儿子简哲才接听电话。

“爸，什么事？”他问。

“有事才能打电话吗？”

“爸，我这儿忙着呢。”

“双休日到了，你老娘想你了。”

“昨天我给她打电话了。”

“我没听她汇报。”简增国问，“你忙啥？”

“就那些事。”

“征地拆迁？”

“对。”

简增国让儿子回家一趟，别推托忙。乡镇那些事他都知道，征地拆迁没什么了不起，办法不够可以回家请教老子，学几招拿去用。

简哲不以为然：“情况不一样了，办法得合适。”

“首先是办成事情，办成了就合适。”

“爸，咱们讨论过，我主张不同。”

“嘴上长毛啦？回来让你妈看看。”

“我会给妈打电话。”

简哲收了线。

显然他不想回家，这个结果在简增国预料之中。简哲在下边当乡长，从他所在的乡镇到市区有 120 公里之距，其中除了 50 余公里高速公路，其余是省道、县道与乡村道路，走完这段路至少要用两个小时。但是妨碍简哲回家的并不是这两小时路程，而是简增国。简哲不愿意来见父亲，他们父子俩说不到一块儿。简哲与母亲的关系良好，母亲林淑惠在中学当老师，因为有病，五十出头就办了退休，儿子对母亲很牵挂。早几年简增国还在任上，每天上班开会，家里只有林淑惠一人在，简哲时不时会从乡下跑回家看看母亲，跟母亲说话，他总是挑父亲上班或外出的时候返回，不想在家里撞见老爹。简增国退休之初还热心“发挥余热”，参与不少活动。渐渐地兴趣淡了，人家不来请了，守在家里与老婆对看的时间越来越多，这就给儿子回家造成不便，儿子往家里跑得少了，变成电话勤快。当然儿子也不是不回家，几个大假期间，儿子还是会带着媳妇和孙子回父母家住上两天，那几天抬头不见低头见，由于有媳妇和孙子在场，父子俩都会比较克制，努力减少磕碰。当儿子的表现尤为小心，父亲坐镇家中发号施令之际，他会推故外出，找同学朋友同事消磨时间，通过削减相处机会，最大限度地避免与父亲发生正面冲突，弄得简增国不知该对儿子表示满意，还是不满。

简增国问妻子：“你怎么把儿子生成这样了？”

林淑惠回答：“怪我？儿子最像你了。”

简增国承认：“他要有几分像林老师就好了。”

简增国喜欢开玩笑，管妻子叫“林老师”，因为她教了几十年中学，桃李满城。林淑惠性情温和，从不生气发火，对学生循循善诱，对家人百般体贴，简增国父子间磕磕碰碰，唯靠她化解。简增国威风凛凛是一家之长，但是维系家人的轴心实为林淑惠。

由于家中这些状况，简增国给儿子打电话，要拿“你老娘想你了”说事。显然儿子没上当，人家跟老娘有热线，不需要通过简增国居间传递想念。儿子知道简增国打电话要他回家，一定有些事情，但是他没表现出兴趣，他对老爹一向本能地予以抗拒。

简增国决定另辟蹊径。老家伙有的是办法，够儿子去虚心学习。

当天下午简增国往邵海洋家挂了一个电话，邵的妻子接了电话。

“海洋刚出去。”邵妻问，“简主席有什么交代？”

简增国表示没大事，等邵海洋回家，来个电话就行。

一小时后邵海洋来了，不是打电话，是亲自上门按门铃。邵海洋进门时手里抱着个纸箱，是一箱柑橘。

林淑惠说：“这么重的箱子，小邵自己搬上楼啊？”

邵海洋笑道：“有电梯，不费啥劲。”

简增国批评：“县长抱纸箱成何体统？注意点形象。”

邵海洋说："主席不要骂我。哪里不对尽管指出。"

简增国说："打个电话来就行了。"

邵海洋说："没几步路，正好也想看看老领导。"

简增国的批评其实是开玩笑，表明十分满意。邵海洋跟简家关系特殊，他曾经是林淑惠的学生，而后是简增国的部下，用他自己的话说，他给林老师擦过黑板，给简主席拎过包。邵海洋读中学时很得林老师喜欢，大学学农，毕业后分到县里，在农业推广站当小技术员。当时简增国当县长，双休日林淑惠常到县里给丈夫洗衣服，邵海洋上门拜见老师，一来二去被简增国看上了，调到身边当了秘书。十数年里，邵海洋得简增国悉心栽培，步步上升，眼下轮到他当了县长，而老领导则升上了"原"字辈。由于这些渊源，邵县长抱着一箱柑橘前来拜见简增国和林淑惠并非有失体面，如此行大礼倒还应该。邵家与简增国这里相距不远，在同一个小区里，来去十分方便。

邵海洋问简增国："主席找我有事？"

简增国问："昨晚回来的？"

昨晚邵海洋在县里开一个紧急会议，研究市长要的一个项目材料，今天上午才从县里赶回市区，把材料交给市长，明天还将陪同市长一起到北京跑这个项目。

“星期天也不消停一点？”简增国问。

“主席在县里干过，情况清楚的。”

“当时也没那么多事。”简增国说。

邵海洋问：“主席找我，可是了解简哲情况？”

“小子最近怎么样？”

“主席和林老师教育出来的，错不了。”

“这小子要有一点好的，那是林老师的功劳，要有毛病都算我的。”简增国道。

“其实他跟主席非常像。”邵海洋说。

简哲就在邵海洋手下当乡长。出于与简增国夫妻的特殊关系，邵县长对简哲一向特别关照，主要体现在施加各种压力，包括调派简哲到困难乡镇任职，处理比较棘手的工作任务，这是按照简增国的要求。目前简哲那里有一个大型工业加工园区上马，占地数千亩，征地拆迁工作量非常大，简哲是直接责任人，忙得不亦乐乎。

“他怕是玩不转吧？”简增国问。

邵海洋说简哲很努力。那个乡家底差，工作困难很多，简哲想了很多办法，目前进度还不理想。有人认为简哲实际工作能力不够，邵海洋却觉得他可以顶下来。

年轻人责任心强，工作有思路，行事有想法，像他那样的年轻干部挺难得。

简增国说："他有什么想法？满嘴依法治国？"

邵海洋笑："主席最了解他。"

"他应当知道实际。有些东西是拿来说的，不是拿来做的。"

邵海洋说："年轻干部有想法是好的。"

"你不需要护他，要挑他毛病。"

邵海洋说简哲的弱点不在工作，而在人际关系，在这方面主动性不够。有几次省、市领导到乡里检查工作，别的人一拥而上，围在领导身边叽叽喳喳，想办法让领导留下印象，简哲在一旁没当回事，不像别人那样急于表现。邵海洋知道简哲个性如此，不免有点担心，只怕不了解情况的领导可能对简哲有看法。在基层负责工作，谦虚固然好，主动性不够却会成为问题，不利日后发展。

简增国说："他谦虚个屁，比我还自以为是。"

简增国要邵海洋替他多教育简哲。简哲从小有父母可以依靠，家里什么都有，办什么都容易，不需要他太努力，久而久之就养成毛病，不跟别人争抢，甚至还不屑一顾，一天到晚两只手插在口袋里，好像需要的东西都会自己从天上掉下来。

邵海洋笑："没那么严重，只是从长远发展看，需要更加主动。"

他告诉简增国，最近市委组织部到县里搞后备干部民主推荐，简哲很得大家认可，排名靠前。明年县班子调整，副县长可能有空缺，可以努力。

简增国说："不急。"

"主席另有考虑？"

简增国说年轻人进步是好事，真正长本事才是关键。简哲现在是乡长，管一个乡的政府工作很受锻炼，但是毕竟不算独当一面。有机会的话还是先让他当乡书记，在第一把手位子上磨一磨，让他去修理几个刺儿头，他才会知道在基层靠什么。如果磨得出来，往上走就有底气，不行的话就不要玩了，该干什么干什么吧。

邵海洋说："主席的意思我明白。"

简增国说："这小子现在不听老爸招呼，但是得听县长调遣，我要你帮个忙。"

需要邵海洋相帮的就是把简哲叫回家，这件事对邵海洋很简单。当着简增国的面，邵海洋用自己的手机给简哲打电话，通知简哲把手头事情先放一放，赶紧动身到市里来。邵海洋向简哲要一份材料，是乡里那个工业园区周边环境介绍，邵海洋称自己明天陪同市长到北京跑项目，可能用得着。命简哲直接送到他家。

“等他到了，让他立马过来探望二老。”邵海洋对简增国说。

简增国很满意。邵海洋既把简哲叫回来，又不留痕迹，似乎纯属公务，这样好。

“小邵去忙吧。”简增国说，“跑北京前事情多，老家伙少给你添麻烦。”

“主席不必见外。”

邵海洋起身告辞。离开前握握手，他忽然冒出一句话：“还好主席当年提醒过我。”

简增国问：“提醒什么？”

“蓝伟立啊。”

简增国摇头：“蓝大人完蛋了。”

邵海洋说：“他那个人块头大威风大，没想一进去就垮。听说痛哭流涕，一五一十什么都招，每天的口供有十几张纸。”

“平日越装腔作势，事到临头越靠不住。”简增国说。

“听说有一个蓝名单，主席知道吗？”

“我听说了。”简增国问，“小邵心里踏实吧？”

邵海洋心里很踏实，这要感谢简增国。早几年蓝伟立当县委书记，邵海洋是他手下组织部长。蓝伟立为人霸道，大小权力一把抓，不好相处，邵海洋曾经找简增国讨教。简增国讲过几句话，要邵海洋多加小心，既要配合，又要注意与蓝伟立保持距离，邵海洋始终记在心里。现在蓝伟立出了事，很多人惴惴不安，担心被牵连上，邵海洋毫无负担，亏得老领导当年提醒。

简增国笑：“关键是你自己会把握。”

黄昏前简哲赶回市区，专程到邵县长家送材料。邵海洋不动声色收下材料，也不多说，只问简哲是不是顺便回家看看父母？简哲称乡里的事情脱不开，他得马上返回。邵海洋表扬简哲工作努力，但是要求简哲务必先回家一趟，替他给林老师捎点东西。邵海洋捎的是一袋子土产，槟榔芋，事前准备好放在大门边上。邵海洋让简哲把东西给林老师带去，他知道林老师喜欢这个。

“我已经打电话告诉她了。”邵海洋说。

简哲一时说不出话来。

简哲回家时，父亲简增国坐在厅里看电视。父亲看着儿子进门，胸有成竹，故意问了一句：“怎么跑回来了？”

简哲没吭声，先进厨房把邵海洋送的东西交给母亲，而后回到厅里，坐到沙发上，与父亲面面相对。

“爸，找我什么事？”他问。

“没事不能找吗？”简增国反问。

“我不想跟你吵。”儿子说。

简增国说：“你不吵，你对着干。”

儿子不吱声。

“头发怎么回事？”简增国问。

简哲理平头，头发已经显长，星星点点沾着些头皮屑。他跟父亲一样是油性皮肤，几天不洗头就掉皮屑。看起来小子果然挺忙，顾不上这件事。

他却不喜欢父亲多管：“爸，你不是唤我回家洗头吧？”

简增国这才说正事：“听说蓝伟立的情况吧？”

“听说了。”

“你在他手下那几年，没什么牵扯吧？”

简哲诧异，问父亲是什么意思？蓝伟立当县委书记时，简哲是副乡长，乡镇副职与县第一把手相隔挺远，接触很少，能有什么牵扯呢？

“没有私人往来吧？”简增国问。

“指什么？”

“金钱往来。”简增国直截了当。

“爸，你说我会吗？”

“我断定你不会。”

“可你还不放心？”

“现在放心了。”

父子俩不再多话，相向无言。

2

简增国自称“师长”，那不是瞎扯，他确实早有该雅号。当年人们管简增国叫“师长”，表扬他会剃头，除有些调侃外，实颇带敬意。这里的“剃头”指的是处理难题，本地官员喜欢这么比喻，如果某一件事挺难办，他们会说“这个头不好剃”。剃头师虽然号称权大，手握剃刀，有权修理，碰上难办的人和事不免也难下手，因此剃头人员按照水平高下也分级别，有的只能称“匠”，有的则达到“师长”级。有资格列入“师长”级别者不多，那必须是见多识广，经历丰富，眼界宽阔，处世老到，能够应对各种难题的人。简增国很得公认，他起自基层，在多个职位上历练，积累了大量经验，知道怎么处理各种事情，世界上似乎没有他对付不了的难题。

但是任何人都会碰上些坎子，简增国的坎子不在外边，却在自己家里。简增国与儿子简哲不对路，由来已久，如果不追溯到简哲出生的时候，至少在简哲十二岁，也就是小学毕业的那一年就初见端倪。当年简哲每星期还要让母亲按着脑袋在脸盆里洗头发，基本还算乳臭未干，居然就在家里对父母要求独立。简哲说父母对他不能什么都管，有一些事情他要自己拿主意，任何人都管不着。他着重列举三项：日后他读什么大学，做什么工作，找什么老婆，这三件是他自己的事情，父母不要管。

简增国问："你这么一丁点大就想找老婆了？"

简哲说："话要说在前边。"

"这些蠢话是哪个家伙教你的？"

"不用谁教，我自己定。"

"你定得了吗？"

"我已经定了。"

当时简增国没太当回事，小家伙少不更事，口出狂言，大人不须当真，一笑置之就可。却不料简哲人小心大，不容小看，定了就是定了，日后三件事一一应验。

简哲高中读的是文科，总体成绩中等偏上。简哲高考前夕，简增国特地从县里回家一趟，把妻子与儿子召集起来，为儿子作决定。夫妻俩根据儿子的情况，选择让他报考政治或经济类专业，日后发展方向是从政，跟父亲走同一条路。简增国说，当下在咱们这个地方，想做事，要解决问题，没有权力不行，掌握权力就得从政。一个人为社会做点事，同时成就自己，从政最好，这是现实情况。这条路并不是谁都可以走，简哲却有便利，因为父亲在这方面有资源也有经验。

简哲表示明白父母的意思，他自己还要考虑。简增国说："不需要，就这样。"

当时简哲只是个高中毕业生，父亲的话于他半懂不懂，或者他根本没打算听懂，打定主意就是不让人管。填报志愿时，父亲圈定的专业简哲一概不填，所填的几个志愿都选择法律，志愿交上去后才回家告诉母亲。由于法律专业名额相对少，录取分数更高，把握不大，母亲赶紧打电话告诉简增国，简增国听了很不高兴。

"不能由着这小子。"他说。

简增国让儿子接电话，命他马上去改志愿。简增国与市教育局领导熟，特殊处理一下没有问题。但是简哲不改，说这件事主意他自己拿，父母有父母的考虑，他有他的想法。学政治学经济都不错，但是他更想学法律。

“难道想当法官，吃了原告吃被告？”简增国问。

“那是不对的。”

“对不对你管不了，学点实在的，考虑更有把握的。”

简增国直接给市教育局长打电话，对方答应帮忙，让简哲重填志愿。但是没有用，简哲拒绝服从，一字不改，父亲越施压他越坚定，宁可没大学上，也要听自己的。简增国从县里跑回家训斥儿子，儿子一声不吭听训，软硬不吃，死不松口。

这件事最后由母亲林淑惠拿了主意，该主意就是让简哲自己去定，毕竟是孩子的人生，他有权自己选择。况且读法律日后也不是不能走父亲定的那条路。

于是简哲上了省城一所大学。如果不是固执己见，他本来可以上更好的学校。

简哲在大学里读了四年书，一转眼面临毕业，找工作摆上台面。四年前简哲拒绝服从安排，自行决定大学志愿时，简增国已经发话，日后小子的事情老子不管了。这当然只是气话，简增国夫妇只有一个儿子，儿子的大事，父母总是要管的。大学毕业生找一个好工作不容易，需要自己努力，还需要动用各种关系，无论简哲多么自以为是，毕竟缺乏人脉，这时候必须拼爹。

简增国依然考虑让儿子从政，最便捷的办法是当选调生。选调生由相关部门从应届大学毕业生中选拔，直接派到基层工作，转正后进入公务员系列。简哲如果成为选调生，他可以回到本市，先去基层乡镇，而后可以调入上级机关，只要身处本市范围，简增国都管得到。简增国身为负责官员，有职有权，人脉丰富，关系众多，办什么事都找得到人，简哲回来后有父亲罩着，大树底下好乘凉，肯定顺风顺水，占尽便宜。

却不料简哲再次拒绝听从。

“我不干那个。”他说，“我不喜欢。”

简哲不愿意从政。身为简家小子，从小耳濡目染，他对父亲的职业很了解。这么多年，看都看够了，他没有兴趣自己接着去干。

“看什么看够了？”简增国问他。

简哲讨厌官场那一套，巴结逢迎，溜须拍马，投机钻营，满嘴假话，还有腐败和潜规则，违法违规、滥用职权等等。

简增国不高兴：“这他妈都是谁教你的？”

简哲说：“爸，你看看报纸，听听外边人怎么说。”

“他们知道个屁。”

偏偏简哲对人家放的屁很在意，对父亲的安排不以为然。简哲已经不再是小孩，有了一些社会认识，知道时下当官掌权出人头地最为吃香，众多考生一拥而上考公务员，选调生名额特别抢手，但是他不为所动，他认为如此从政，动机不对。

简增国说："别说对不对，先给自己找一个饭碗。"

"这件事我自己管。"

简哲想当律师，他在学校里成绩不错，参加律师资格考试不会有问题。为了完全自立，少受管束，他决定不回家乡，要留在省城工作。他的这个打算让简增国夫妇难以接受，尤其是林淑惠。简家只有简哲一个孩子，简增国长期在下边县里任职，林淑惠一人守在家里感觉孤单，她特别希望儿子毕业回家，跟她一起生活。

简增国训斥简哲："你妈生你养你，你长大就把她丢下不管啦？"

简哲说："我会每天给妈打电话，节假日我都会回家陪她。"

"当儿子这就够了？"

"等你们退休了，养老我管。"

"我不指望你。"

·简增国不允许儿子摆脱控制。为了说服儿子，简增国也退了一步：简哲如果确实想当律师，老爸可以同意，但是不能留在省城，要回市里当，陪着母亲。过几年还应考虑转移阵地从政，国家需要有人接班，简家也需要。

简哲说："爸，这件事你不要管，我自己决定。"

简哲坚持不回家，无论如何要避开父亲，不让父亲总像管小孩似的管头管脚。父子俩再次陷入僵持，结果与上大学那回相同：林淑惠劝告丈夫放弃，让儿子自主。

简增国生气："我是拿他没办法吗？"

林淑惠说："咱们只有一个儿子。"

这个世界能跟简增国作对并迫使简增国让步的人，可能只有简哲，并不因为简哲更强硬或者更有办法，只因为他是简增国的儿子。换成别人可不一样，"师长"简增国有的是办法，任何人都能修理得服服帖帖，谁不听话，会让谁哭都找不到地方。简哲可算例外，简增国还能把这小子砍了不成？

林淑惠劝丈夫不要生气。儿子性格看似随和，其实固执，可以顺着引，不能逆着管，越受逼迫越要对着干，这还不都是随了爸爸？无论如何，儿子还是好儿子，一表人才，品质优秀。眼下不如先放他一马，来日方长，日后可以慢慢引导。

简哲最终留在省城，进了一家律师事务所。简哲执意不靠父亲，自己白手起家，说来容易，做起来很困难，事实上以简哲那种性格，想在省城落脚，单靠自己不免气力不支。简增国无望改变儿子，气恼之余终究没有置之不理，他给省司法厅一位处长打了电话，通过该处长打招呼，帮助儿子在一家律师事务所找到一份差事，就此安顿下来。找工作这件事暂告落实。

第三件事最伤感情，是儿子找老婆。

简哲大学毕业后的第三年春节，他从省城回家过年。年初三时，一个小个子女孩上门找他，当时简增国夫妇都在家。简哲给父母介绍那个女孩，讲得很简单，只说那是他同学，名叫王小娟。女孩在简家坐了一小会儿，半个钟头不到就起身告辞，简哲送女孩出门。房门一关，林淑惠问简增国：“这女孩怎么样？”

简增国说：“没怎么样啊。”

当母亲的比较敏感，林淑惠发觉王小娟和简哲彼此间的眼神很特别。简哲这种好小伙子有很多女孩喜欢，简哲在家时，少不了女孩找上门来，但是以往没感觉简哲对哪一个表现特别，今天的王小娟例外。这两个孩子该不会有点事吧？

简增国说：“林老师想儿媳妇想岔了。”

“不对，我看得出来。”

“你不是盼着吗？”

“女孩长得秀气，就是个小。”

女孩给林淑惠印象不错，话不多，文静礼貌，美中不足就是小个子，身高看上去也就一米五几，是本地所谓的“小粒子”，小巧玲珑。

简哲送客归来，林淑惠即揪着追问。果然不错，儿子跟这女孩谈朋友呢，今天有意叫来让父母看一看，之所以事前不讲明，是想见面自然一点。女孩是简哲高中同学，两人读书时并没有交往，高中毕业后女孩考上师范大学，她的学校也在省城，与简哲不时相逢，当时也没有特别交往。女孩毕业后回到家乡，在一所乡村中学当老师，离简哲所在的省城一下子变得老远，两人间的联系却多起来，谈成了朋友。

林淑惠问：“女孩家里是做什么的？”

女孩的父亲已经过世，生前是工人，车工。女孩是独女，现与母亲一起生活。

简增国问：“跟你是高几的同学？”

“高一和高二，在县一中的时候。”

简增国问得如此具体，其中有些缘故：儿子简哲高中时读过两所学校，其同学圈有所区别。简哲从小生活在市区，初中在母亲任教的市一中就读，中考不理想，成绩未及重点中学线，按规定得去较差的中学读高中。当时简增国在县里当县长，他把儿子弄到自己管辖下的县一中寄读，该学校是全县唯一重点中学，教育质量不错。简哲在县一中就读两年，作为县长公子颇得学校领导和老师关照，学习大有进步。两年里他一直住校当寄宿生，跟全县各地农村来的同学混在一起，那是他自己要求的，理由是有利于集中精力学习，实际是不愿处在父亲看管之下。简增国采取放养方针，任孩子在学校自由自在，一来他工作忙没时间管，二来简哲并不惹事，学校领导老师也足以放心。一晃两年，简哲在高三那年转学回到市一中，在那里毕业并参加了高考。

王小娟是简哲在县一中时的同学，这段缘分说来简增国负有一定责任，如果当年简县长没把简公子弄到治下学校就读，那就没这个事。简增国夫妇俩对儿子找的这个王小娟不满意，林淑惠顾虑她的个子，女孩这么单薄，身体不会有问题吧？简增国则觉得儿子谈朋友不靠谱，他们这种人家结亲，门当户对为好，彼此知根知底，双方的社会关系有利孩子发展，王小娟明摆的属于另外一类人家。简哲为什么找这样一个女孩？难道也是有意无意与父亲较劲？父亲找了个中学女老师当妻子，那么儿子也要找一个中学女老师让父亲看看？

简增国查问儿子怎么回事。天底下好女孩那么多，为什么会找这个女孩？总得有个理由吧？简哲说出一个名字，让简增国大吃一惊。

“她父亲是王明元。爸还记得吧？”简哲说。

“哪个王明元？”

“就是那个。”

简增国看着儿子，好一会儿不说话。

“他死在派出所。”简哲说。

简增国用力一拍桌子：“不许你跟他们来往。”

简哲一声不吭。

乡村中学小个子女教师王小娟的父亲王明元已故多年，该同志生前为下岗工人，此前当过兵，退伍后安排在县农械厂当车工，工厂改制后买断工龄下岗，以修理自行车为业。王明元一家居住在原县农械厂职工宿舍，一家三代五口挤住一间平房。那一年，为了建设县城环城大通道，大片旧城需要拆迁，原农械厂宿舍列入拆迁范围，该区域住户对补偿标准不满，以下岗工人为主体的数十户人家百余老小相继到县政府、市政府上访，坚决拒绝搬迁，闹出很大动静，王明元是其中三个为首者之一。当时简增国是环城大通道项目的总指挥，负责解决该难题。“师长”简增国擅长修理刺儿头，他组织大批干部，对拒绝搬迁人员进行说服动员，采用亲友施加压力，经济手段分化等办法，成功争取大多数，让王明元等少数坚持不接受者陷于孤立。

环城大通道项目举行开工典礼当天，王明元等几人铤而走险，跑到工地，躺在挖掘机下阻碍施工，被现场维持秩序的警察带走，送到附近派出所暂扣。不料王明元在派出所突然昏倒，不及送医院抢救，就地死亡。事后法医鉴定，王患有先天性心脏病，因病发而猝死。王的家人不接受，怀疑王是被警察殴打致死。事情迅速惊动上级领导，省市两级派了联合调查组到县里调查取证。调查维持了法医结论，但是死者家人不服，怀疑县里买通当事人提供假证。王家人将矛头对准县长简增国，认为简增国是罪魁祸首，所有事情都是他在幕后策划指挥。死者的父母与妻子曾跑进县政府，在简增国的办公室外哭天喊地，情绪冲动，要简增国“拿命还命”，闹得沸沸扬扬。简增国不动声色，拖以待变，事件时起时伏闹了一年多，终于渐渐平息。

这件事发生时，简哲恰在县一中读高一，作为县长的公子，介于未成年与成人之间，该事件以及父亲受到的质疑给简哲很大冲击。他曾经直接问父亲，事情究竟是不是外边人传的那样？简增国喝斥他，大人的事情小孩子不懂，也不要管，读好自己的书就可以了。当时简增国不知道王明元的女儿跟儿子是同学，哪里想得到数年之后这两个年轻人居然会走到一起。

拥有这样的往事，简增国禁止儿子与王小娟交往实不奇怪，简增国的妻子在这个问题上与丈夫态度一致，林老师更多地担心女孩的身体，其父王明元患先天性心脏病，女儿是否得其遗传？仅从身体状况考虑也非常不宜。但是父母的反对依然没有让简哲就范，儿子坚持他的大事由他自己作主。

简增国生气：“你又不是不知道以前那些事！”

“那是不对的。”

儿子的脑子里始终有一个“对”与“不对”概念，他之所以在诸多事情上抵抗父亲，包括找这么一个姑娘，无疑都与之相关。简增国告诉儿子，这个世界不是他想的那么简单。简哲坚持说，无论复杂简单，世事总要有其道理。

简增国说了狠话 :“如果你非要娶她，以后不要回家了。”

简哲最终与王小娟结了婚。他们没有举办婚礼，在省城请律师事务所的同事吃了一顿饭，如此了事。简增国夫妇没有到场。

那天在家里，林淑惠掉了眼泪。

“孩子太可怜了。“她说。

简增国发狠 :“就当没生这个儿子。”

这个儿子颇让简增国产生挫折感。他承认自己有责任，除了把性格中的固执遗传给儿子，也失之管顾。这么多年他都在基层工作，回家就像住客栈，没时间多加教育，最多管管儿子头发脏了，难怪这小子跟他不对路。他感觉还有一点，当年儿子出世时，眼睛嘴巴没有搞错，但是名字搞错了。儿子不应该叫简哲，哪怕叫个“捡破烂”也会好一点。这小子从小跟人不一样，别的小孩撒野打架，满世界惹祸，这小子静悄悄坐在椅子上看书，从不惹是生非。别的小孩琢磨怎么玩，怎么从柜子里把糖果饼干弄出来吃，这小子两手插在口袋里，什么都不做，却一心琢磨什么对什么不对，一直琢磨成今天这个样子。都是因为不该给他起名叫简哲。

林淑惠哭：“其实是个好孩子啊。”

3

第二次见面，洪主任依然保持客气。

“简主席，我们还需要跟你核实一点情况。”他说。

“没问题，完全理解。”简增国说。

他心里很清楚，1022 专案此刻紧锣密鼓，每天都有人接到通知前来接受问询，外边沸沸扬扬。简增国跟众多到此一游的官员有所不同，他已经退休了，退休前是市级领导，职位比较高，他这样身份的人被叫到办案地点，震动远比其他人大，因此办案人员会相对慎重。他们已经把他请来问过一次话了，如果他们觉得有必要找他再问一次，除了表明事情不一般，也表明他们请示过上级，从那里得到了进一步追查的授权。

这一次洪主任没跟简增国兜圈子，直接进入实质性交谈。洪主任开门见山说，根据他们掌握的情况，简增国曾经给蓝伟立送过一笔钱，数额是十万元人民币。这个情况他们需要跟简增国核对准确。

“没有这回事。”简增国断然否认，“我跟蓝伟立副书记从没有金钱往来。”

洪主任点明这笔钱不是蓝伟立担任市委副书记时期发生的，时间要早得多，当时蓝伟立还在县里，简增国自己则在市政府秘书长任上。

“那就更不对了。”简增国说，“当时我的官不比他小，怎么会去给他送钱？”

“他已经如实交代了。”

“他一定记错了。”

“他记得非常清楚。”

调查人员与蓝伟立再三核对过情况，让他就涉及简增国的事项重新回忆一下。蓝伟立证实此事准确无误，虽然过去多年，当时简增国送钱的时间、地点、原因，彼此说过什么话，整个过程以及相关细节，蓝伟立都还牢记并作了详尽的补充交代。

简增国说：“我有一个问题，可能比较冒昧，可以问一下吧？”

洪主任说：“尽管说。”

“蓝伟立这个案子很大是吗？”

洪主任并不正面回答："简主席听到些什么情况？"

"据我听说，他的案子是从开发商用地牵扯出来的，听说其中有几笔大钱，金额累计上千万。不知我听到的是否准确？"

洪主任反问："以简主席对他的了解，会不会呢？"

简增国称自己对蓝伟立并不特别了解，没有足够证据，还不好妄加判断。

"那么简主席为什么关心案情大小？"

简增国提出一种可能：如果蓝伟立确实是个贪官，涉案金额巨大，那么蓝伟立本人此刻必定非常怕死，按照法律，这一数额足以送他进鬼门关。尽管目前死刑控制比较严，数额更大的巨贪也不一定会给枪毙，但是理论上蓝伟立还有被判处死刑的可能。如果想要免死，蓝伟立必须有立功情节，必须主动交代办案人员还没有掌握的犯罪事实，以及检举他人的犯罪情节与线索。蓝伟立会不会出于这个缘故，臆想出一些情节，说得像真的一样，不惜把无辜者拖进案子，以求立功保命？

洪主任问："简主席是被冤枉了？"

简增国肯定："确实没有那个事。"

“他为什么不冤枉别人，要冤枉你？”

简增国认为如果蓝伟立一心立功，恐怕不会只冤枉一个谁谁。此刻蓝伟立也需要权衡，如果牵扯出某些大人物，对他而言可能更具风险，而如果只交代出一些小官小事，其立功程度也会打折，无助于减轻对他的处罚。相对而言，拿简增国去立功比较妥当，虽然简已经退休，毕竟原本是市级领导，级别不低，检举出来有分量。

洪主任问：“你们以往有过节吗？”

简增国说：“如果他急于立功，有没有过节并不特别重要。”

“你没跟他说过‘周转金’，‘投资股本’等等话？”

简增国道：“我不知道这是说什么。”

“简主席在这里说的每一句话都是要负责任的。”

“我很清楚。”

“1022是个大案，上级领导非常关注。涉案人员不老实交代，妨碍案件查处，后果会非常严重。”

“这个我也明白。”简增国说。

他告诉洪主任，近来外界关于1022案件查处情况有许多传闻，他这种退休老家伙虽已淡出权力场，也听到不少。听说蓝伟立一案从土地受贿发案，“蓝名单”

里大部分人却与土地案没有关系，他们只是以往给蓝伟立送过钱。蓝伟立当年有职有权，一些人为了个人升迁等需要，知道蓝伟立贪财，投其所好，以钱开路，此刻这些钱都被交代到“蓝名单”里。据说该名单非常长，超过《水浒传》里梁山泊好汉排座次数，而且还在不断加长，累计金额也有大几百万，如果所传属实，蓝伟立真是害人。

“简主席觉得他不该坦白出那么多人？”洪主任追问。

“我是说他不该吃钱受贿，害了那么多人。”

“简主席也被他害了是吗？”

简增国说：“我已经再三说明，我没给他送过钱。”

“那么为什么会在名单上？”

“人的记忆不可能不出错，名单越长越有可能出错。”

“于简主席恐怕未必吧？”

洪主任怀疑有其道理，简增国毕竟身份较高，不是阿猫阿狗之辈，蓝伟立可能会把别人记错，不太可能记错简增国，这是常理。

简增国说：“这个问题我不知道。洪主任得去问他。”

洪主任不失时机作说服。他告诉简增国，“蓝名单”人员送钱送贿，涉嫌买官卖官，性质相当严重，但是毕竟是送钱一方，不是收钱一方，处理时还是有所区别，特别是对其中情节较轻，查处中表现较好的官员，处置可以从轻。简增国担任领导干部多年，对相关政策界限应当是非常清楚的。

简增国问："洪主任提到了情节轻重，主要指的是涉案金额？"

"除了涉案金额，态度也非常重要。"

洪主任有意作一点深入说明："蓝名单"人员送贿情况差别很大，贿款高的有几十万，低的也有几万，十万元属于中等。只要如实交代，不算特别大的问题。

简增国笑笑："如果确实送过钱，道理上应当坦白，权衡利害也应当坦白。"

"大多数人还是知道权衡。"洪主任说。

按照办案要求，洪主任他们将"蓝名单"人员一一叫来核对情况，其中大多数人都能如实承认所犯错误。也有一些人起初不愿承认，抱有侥幸心理，经过教育帮助，最后基本也都承认了。所谓天网恢恢，疏而不漏，只要做过，终究跑不掉，只要上级下决心，总是可以查实的。涉案的都是官员，知道利害，拒不承认的顽固者极其个别。

“听说都写了反省书？”简增国问。

洪主任证实。按照具体办案要求，涉嫌送钱者必须交出一份书面材料，如实反映情况，承认所犯错误，反省自己的行为。

“听说还要上缴款项？”

涉案人员给蓝伟立送的钱，在本案中都被列为赃款，必须追缴。一方面蓝伟立的非法所得将被全部没收，另一方面送贿官员自己也要承担相应责任，承认事实之后必须缴交相应款项。无论作为赃款、暂扣款或者罚没款，这笔钱必须先行追缴，结案时再作具体处置。之所以这样办，是因为很多人送给蓝伟立的赃款本身来路不正，并不是从自己家庭收入里拿出来，而是化公为私，或者权钱交易拿到手的。办案部门会根据具体情况确定是否进一步了解，一旦发现新问题还要加重处罚。

简增国说：“明白了，如果当时送十万，现在再追缴十万,一共二十万。”

“有的情节严重得多，不止十万。”

“所以是活该。”

“我们希望简主席也能有一个正确态度。”

简增国感谢洪主任跟他谈了这么多情况。作为一个已经退休，无职无权的老家伙，洪主任的耐心细致，以及相关办案人员的认真负责让他十分感动。他想再次说明，他确实没送过那笔钱。他不知道蓝伟立为什么把他拉进“蓝名单”里,尽管该名单中的十万元并不特别巨大，他从多年家庭积蓄中拿出十万元上缴，目前也没有多大的困难，不是他小气拿不出这笔钱，也不是他不知道后果严重，问题是没有就是没有。

“真的没有？”洪主任追问。

“我已经反复说明。”

“既然这样就不多说了。”洪主任道，“简主席得给我们一个书面说明。”

“要我在这里当场写下吗？”

洪主任表示不需要那么急，可以容简增国再回忆一下情况，想清楚了再写。

简增国说：“不需要再回忆，我记得很清楚。”

“如果简主席一定要当场写，那也行。”

简增国笑笑道：“确实不必那么急。回头我写好交过来吧。”

“请明天上午交给我们。”洪主任说。

简增国告辞。

回到家中，妻子林淑惠告诉他：“儿子问你去哪里了？”

简增国这才想起自己的手机还处于关机状态。刚才到宾馆八号楼见洪主任时，他把手机交给屋里的工作人员，人家把他手机关了，这是办案规矩。离开时人家把手机还给他，他随手往口袋里一放，没想起马上开机。

林淑惠说，儿子从乡里打来一个电话，没讲什么事，只是拉了拉家常。谈话中他突然提到父亲手机联系不上，不知去哪里了？林淑惠说简增国到宾馆开会，简哲没再多问。放下电话后林淑惠回想，感觉有些异常，因为简哲几乎从不在电话里主动询问父亲的事情，也不主动给父亲打电话。今天这是怎么啦？

简增国说：“他听到风声了。”

妻子顿时不安：“是什么风声？”

简增国笑：“眼下乱七八糟，什么风声都有。”

“你没事吧？”

简增国让妻子放心，没事。他会给儿子去个电话。

这时候手机铃响，不是简哲，却是邵海洋，邵县长。

“主席在家吗？”邵海洋问。

“邵县长找我有事？”

此刻邵海洋在市会议中心打电话，会议中心就在市宾馆内，离 1022 专案临时办案地点，简增国刚离开的八号楼只隔着一个小花圃。邵海洋给简增国挂电话属临时事项：该县定于后天在市会议中心召开旅游产品推介会，为此布置了一个本县旅游风光展，他们给简增国等老领导发了请柬，邀请参加推介及展览的开幕式。今天邵海洋专程赶到市区检查活动筹备情况，他想麻烦简增国提前来现场看看展览，简增国在本县任职多年，情况非常熟悉，邵海洋想听听老领导的意见，以便展览更加完善。

简增国说："小邵跟我客气啥呢。"

邵海洋说："主席在家里稍等会儿，我的车去接。"

十几分钟后，两人在会议中心见了面。而后邵海洋领着简增国穿行展厅，在一面面展板前指指点点，解说内容，征求意见。简增国亦看亦说，频频点头。

实际上彼此都只是做个姿态，邵海洋一边介绍展览，一边压低嗓音向简增国述说情况，该情况十分重要。

"见到他了。"邵海洋报告，"他非常关切。"

"怎么交代？"简增国问。

"他说一定要把握好，哪怕暂时受点委屈。"

简增国没有吭声。

他们提到的“他”是上边一位领导，跟简增国有渊源，彼此熟悉。这位领导在省里身居高位，可以了解很多情况，可能的话也会提供帮助。前些时候，简增国第一次被洪主任请去问询，自知遇上麻烦了，需要想办法补救，特地与“他”通过一次电话，请求帮助。由于事涉案件，比较敏感，不能牵累上级，简增国打过电话后就不再联络，转而交代邵海洋帮助沟通。邵海洋昨日以汇报项目为由，专程到省城去了一趟，见到了“他”，“他”通过邵海洋把相关情况与意见传了过来。邵海洋非常谨慎，没有像以往那样上门拜访，而是把简增国请去看展览，暗中悄悄传递消息，表面公开，无遮拦，以防止引起不必要的注意，导致不利后果。

据邵海洋在省里了解，北京的高层领导和省主要领导对 1022 案件和连带出来的“蓝名单”非常重视，办案部门抓得很紧。“蓝名单”里确实列有简增国的名字，办案部门以涉案人职务高低排座次，简增国级别高，名字靠前。目前名单上的大多数人都已供认不讳，小部分人提出异议，多为申诉金额有误，没送那么多钱。涉案人中坚决否认者已经不剩几个。简增国排名在前，始终坚决否认，不能不引起上级注意。该案已经不是省里那位“他”可以影响控制的,因此“他”很担心简增国。“他”告诉邵海洋，简增国拒不承认这笔钱，应当有其理由，可能存有隐情。但是无论什么情况，目前退一步为好，承认下来不会成为大问题，一味坚持则肯定后果严重。

“听起来不太妙啊。”简增国摇头。

“他很关切，再三交代，时间不多了。”

“只能认下来？”

“听起来是这个意思。我家里刚好有一点现金，让我爱人先送过去凑一凑吧？”

简增国说:“不必。需要的话从林老师那里拿,够交。”

“我能帮点什么？”

简增国说 :“你自己注意点。”

当晚，简增国找出几张稿纸，在家里写“反省书”。没写几行，儿子简哲的电话来了，没挂家里座机，直接打简增国的手机。

“爸，你怎么样？”他问。

简增国这才想起忘了先给儿子回个电话。简哲如此直接这么急切寻找父亲，于他们父子间有如太阳从西边升起。看起来儿子感觉紧张，原因可以想见。

简增国告诉儿子，眼下老爸一切安好，无须操心。下午去宾馆没什么大事，被邵海洋请去看展览。他注意到儿子那个乡的两块展板，内容、图片都不错。

简哲说："里边有几段文字是我写的。"

简增国批评："不要卖弄文字，你是乡长，不是文书。"

"乡长动口不动手吗？"

"你要是觉得不对，辞掉乡长去当文书。"

简哲说："我还真想辞过，后来坚持下来了。"

他告诉父亲最近乡里事情多，除了日常工作，他还组织乡干部学习，给他们上大课。事情多跑不开，只能用电话给父母问问安。

"你讲什么课？"简增国问。

是法律课，简哲的本行。

"依法治国啊。"简增国语带嘲讽。

"爸，这个不重要吗？"

"简乡长说呢？"

简哲在基层干了这么几年，深感下边麻烦众多，根本问题在于人治，谁有权谁说了算，从拍脑袋瞎指挥，到滥用职权，强迫命令，漠视群众权益，把人逼上梁山，什么状况都有。这样下去哪里可以？日后必须依靠法治，走依法治国这条路。乡里干部这方面的素养不够，所以要学习培训。

简增国说："你在那里上几堂大课能解决什么？"

"事情总得一步步来。"

简增国说："其实该表扬你，有想法总是对的，而且难得。"

简增国让简哲在乡里好好上课，上完课好好征地拆迁，不必老想着打电话问安。家里一切都好，老妈身体正常，老爸幸福安康。儿子突然接连打来电话，一定是听到风声，1022，蓝名单黑名单什么的。真所谓好事不出门，坏事行千里。无论听到什么，一概别去管，放心就是了。儿子的事情老爸管不着，老爸的事情老爸自己能对付。

跟儿子通完电话，简增国把桌上写了几行的"反省书"一撕了之。

隔天上午他如约再到宾馆八号楼找洪主任，交上所写的一份材料。不是"反省书"，是"书面说明"。

洪主任问："简主席没回忆起什么？"

他回答："没有。"

4

当年简哲不顾父母反对，执意与王小娟结婚，以既成事实重创父母。当时简增国发狠，让简哲从此不要回家，尽管是一句气话，却也表明痛心之至。简哲小夫妻婚后分居两地，简哲在省城当律师，王小娟在乡下中学教书，他们不想招惹父亲动怒，婚后果真裹足不前，不再回家，也不往家里打电话。那段时间里没有谁敢在简增国面前提到简哲，该小子似乎从来就没有存在过。但是简增国心里明白，儿子并没有从简家消失，尤其不可能从妻子林淑惠的生活里消失。大约半年之后，简增国隐隐约约感觉到妻子情绪开始变化，有时会闪烁其辞，似有若无作某种暗示。简增国直觉该状况可能与儿子有关，也许儿子偷偷给母亲打电话了，也有可能是林淑惠思儿心切，主动找了过去，但是他们瞒着他，担心把他触恼。简增国尽管怒气未消，却也没有心思追查妻子与儿子间是否存在暗通，只能听之任之。

那段时间里简增国自己遇到情况，工作岗位接连变动。先是简增国搭档的县委书记提拔到省里，简增国接任书记，如愿以偿。不料书记位子还没坐热，他又突然被调整到市政府当秘书长。后边这次调整非他所愿，但是只能以“终于回家跟林老师一起睡了”聊为自嘲。新工作新环境需要操心应对，儿子的烦心事暂时被简增国丢在一边。

有一天晚间，简增国列席市长办公会，开完会回家已是半夜，简增国上床时看了一眼，发觉躺在床上的林淑惠不吭不声，却睁着两眼，并没有睡着。

“林老师怎么啦？”简增国问。

她突然冒出一句：“简哲生了个儿子。”

简增国一时说不出话来。

“在县医院生的。”

简增国说：“咱们睡吧。”

“是你孙子。”

当夜无眠，夫妻俩都无法安睡。

事实上并不只是林淑惠牵挂儿子，简增国也一样，只是更为隐蔽而已，他们毕竟只有一个儿子，这个儿子除了在自己的事情上坚持自主，并没有哪里不好。简增国一直在暗中留意儿子的动态，知道儿子婚后日子相当难过。儿子与王小娟的婚事不仅简增国夫妻反对，女方的母亲也不能接受。王明元遗孀对丈夫之死依然心怀怨恨，迁怒于简增国，并没有因为时间消逝而减弱，因此在儿女婚事这个问题上，双方家长难得地立场一致，彼此默契，共同反对。只是王小娟看似个小柔弱，却挺坚强，不听母亲，只听简哲，两个年轻人铁心坚持，家长无计可施。小两口婚后两地分居，生活诸多不便，简哲无法把王小娟调到省城安排工作，也解决不了住房等难题，他与王小娟平时牛郎织女隔河相望，节假日疲于奔命。小夫妻生活艰难拮据在简增国预料中，简增国判断，眼下这种时候，年轻人很难如此持久，随着难题不断出现，困难逐渐增大，小夫妻间必然发生矛盾与争吵，双方家长坚持施加足够压力，就有可能把他们拆散。

但是现在孩子生出来了，问题顿显复杂。

简增国悄悄打听情况，得知王小娟是在母亲家坐月子的，亲家母原本坚决反对女儿嫁给简哲，女儿生孩子后改变了立场。她把王小娟接回家中住，帮助照料婴儿，简哲从省城回来也住在王小娟的家中。

说来是造化弄人，再没有谁比简增国更了解王家住房的情况，因为那是他亲自安排的，其中还有故事。当年王明元猝死于派出所，王家人告状不断，成为老上访户，简增国沉着应对，软硬兼施，拖以待变。有一天县信访局长向简增国报告说，王家态度有所松动，如果县政府把一直悬而未决的拆迁补偿做下来，给他们一套住房，可望就此息访。简增国一了解，原来王明元的父母相继过世，王明元遗孀心力交瘁，已经撑不下去，信访部门适时劝说，情况因而改变。当时信访局提出大套小套两个住房解决方案，小套方案给个两房一厅，按照王家原有住房拆迁补偿标准，这也够了，但是跟王家人的期待有差距。如果能给个大一点的，例如三房一厅的住宅，那就更容易做通工作。简增国询问王家家庭成员情况，一听只剩母女两口，即拍板决定按小套的方案解决，不给大的，免得让他们和其他老上访户产生错觉，撑大胃口，似乎闹而有奖。

“只怕不太容易谈下来。”信访局人员顾虑。

简增国斩钉截铁：“就这么办。她们跟政府耗不起，也撑不住。”

简增国胸有成竹，他是“师长”，手中有权，再难修理的头都修理过，知道会怎么样。结果不出所料，王家人反复几回，最终明白胳膊扭不过大腿，无奈接受了现实。当时谁也料想不到日后会发生什么变化，如果早知道有一天简增国自己的儿子和孙子要住到那房子里去，那么真该给个大套的，让此间三代人的生活环境能够宽松一些。

世事玄机人不知道，但是天知道，其中自有道理。简增国在县长任上亲自料理王明元事件，时县长公子简哲也在现场，感同身受。也许正是王家人的处境和苦痛，让简哲不能不注意王小娟，进而萌发同情，心怀不忍，认为与己相关，需要替父亲弥补，如此这般最终走到一块儿。简哲无疑是个好孩子，好孩子不能欺负人，要同情弱者，要知道怎么做才是对的。这些话是谁教他的？正是简增国夫妻自己。

简哲成为父亲之后，家庭生活有了大的变化，原有格局必须相应改变，否则无法解决一拥而至的各种问题。时下有很多小夫妻因为孩子降生后的劳碌和繁杂而反目，最终感情破裂婚姻解体，也有一些家庭因为孩子而更为紧密稳固，简哲小夫妻俩会怎么走？简增国静以待变。

有一天邵海洋找到市政府大楼，向简增国报告："领导知道简哲报考的事吗？"

简增国很觉意外。

邵海洋时任县委组织部长，是简增国在县委书记任上提起来的。简增国调走后，邵海洋留在县里继续当部长。邵海洋那里决定拿出一批科级干部职务，面向全省招考，公开选拔，希望借此发现起用一批青年人才。考生名单汇总上报时，邵海洋意外发现里边有一个简哲，报考山区乡一个副乡长职位。邵海洋特别调来花名册核对，确认无误，该考生就是简增国和林老师的公子简哲，时为省城某律师事务所律师，其妻为本县一乡村中学教员。简公子从小管邵海洋叫“小邵叔叔”，彼此相熟，如今小邵叔叔当了邵部长，简哲前来报考该部长管理下的职位，本可提前打个电话说一声，他却没有，不吭不声自行报名，如同一般考生。邵海洋当过林淑惠的学生，跟随简增国多年，了解简家大小事情，知道简哲这件事比较特殊，因此特意找简增国当面报告，询问意见。

简增国说：“这小子早不听话，现在才醒了。”

简哲还一直躲在家门之外，因此简增国不知道他参加公选这件事。几年前简哲大学毕业找工作时，简增国曾告诉简哲，当律师可以，日后应当转移阵地，当时小子听不进去，现在看来是明白了。如果早先简哲听从安排当选调生，何必今天再来折腾？现在已经远不如当时方便了。简增国对邵海洋表态说，简哲参加公选这件事只能照规矩办。不管这小子叫什么名字，该怎么对待就应当怎么对待，与别的考生一视同仁。

邵海洋说：“林老师知道简哲回家，该会很高兴的。”

简增国不吭声。

事实上简哲不是要回父母这里，是要回到王小娟和他们的儿子身边。作为丈夫和父亲，他应当作此选择，但是该婚姻却是简增国最不能接受的。

简增国问邵海洋：“简哲符合条件吗？”

“基本符合，有点小情况，没大妨碍。”邵海洋说。

几天后，县公选部门通知简哲报送补充材料。简哲从省城赶到县里。负责接待的工作人员审阅简哲的材料，对简哲表示遗憾，因为他的报考资格有问题，与所报考的职位条件不相符合。

简哲问：“哪里不符合？”

工作人员说明：根据县里考虑，这个职位想招一名科技副乡长，需要科技教育背景的年轻干部，设置条件时的表述是“农业、其他科技类以及相关专业”。简哲是法律专业出身的，不属于科技类。

简哲不认同这一说法，他拿出公选公告与工作人员探讨，说公告只标明是“副乡长”，并没有特指“科技副乡长”。公告面对全社会，必须以此为准，内部考虑不能取代。该职位考生条件虽然强调了科技类，但是也有“相关专业”提法，法律与科技有相关性，谁说科技工作不需要法律？

“这是你个人理解，公告的解释权在我们。”工作人员强调。

“为什么上次我来报名时，你们没有提出异议，现在才突然拒绝？”

工作人员解释：“审核需要时间，审过了也还要复核。”

“是不是有人授意你们这样做？”简哲追问。

“我们是按规定办事。”

简哲强调这样不对。他要求公选部门对他的情况再作研究，确认他有资格报考。他本人从事法律工作，作为一个报考人员，如果不能得到公正对待，他将向主管部门申诉，如果不得到合理解释，他会继续申诉，直到付诸法律。

工作人员说：“你的要求我会向领导报告。”

“能不能现在就报告？”

“我们领导很忙。”

简哲拿起手机，直接拨通了邵海洋。

几分钟后他给带进邵海洋的部长办公室。

办公室只他们两人时，简哲问："小邵叔叔，这是我爸的意思吧？"

邵海洋直截了当："是。"

"为什么？"

"你知道的。"

"他没有权力这样干！"

"他是你父亲。"

邵海洋告诉简哲，简哲不吭不声前来报考，他知情后不能不向简增国报告，简增国明确表示不赞成。简增国认为基层情况很复杂很实际，千头万绪，上头层层压任务，下边百姓顶牛，没有哪一项工作是容易的。基层干部有时候就得像个土匪，简哲不是这种人，不合适，干不了。简哲如果确实想转移阵地，应该找一个合适的岗位，采取其他办法，不要考这个，免得到头来打退堂鼓，哭都找不到地方。

简哲说："他就是这样。"

"他是关心你。你可以不让他管，听听他的意见也有好处。"

简哲说："这件事我不找他。"

简哲称自己决心已定，他的事情不需要父亲插手，无论遇到什么他自己对付。他在省城当了几年律师，那边并不是没有发展空间，为什么放弃了，改弦易辙？比较直接的原因是家庭生活问题。本来他想把妻子调到省城工作，作了许多努力没能如愿。眼下这种事少不了找关系送钱送礼，他觉得那不对，不愿意跟着做，因此一直没有结果。现在妻子生孩子了，母子都需要照顾，他在省城帮不上忙，感觉过意不去，因此决定设法返回。参加公开选拔不需要找人求人，不需要仰仗父亲的权力与关系，可以靠自己努力解决问题，于他最合适。但是他之所以报考基层官员职位，并不单纯只为解决个人生活困难，更主要的还是他自己想要做这个事。

“当初你父亲要你从政，你不是不愿意吗？”邵海洋问。

“那时他逼我，现在我自愿。”

“为什么？”

简哲工作已经几年，接触了社会各个层面人物，感受了当前存在的许多问题，认为有很多情况需要改变。他和一些年轻朋友经常讨论，他觉得除了针砭时弊，也应当想一想自己能做什么。他有一些想法，这些想法是否可行，做了才知道，因此才萌发转而从政的念头。眼下要解决问题，推动改变，最直接最有力的途径确实还是从政。他自知欠缺很多，特别是对基层情况了解不多，解决问题的实际经验与能力不足，如果不能克服，再好的想法也是空的。因此他打算从基层开始。

邵海洋说：“你父亲就是从乡镇一级级上来的。”

简哲说：“我感觉他那一套正是需要改变的。”

邵海洋说：“有想法很好，但是这一次就不要考虑，另找机会吧。”

简哲说：“现在我不把你当作小邵叔叔。你是邵部长，我正式向你申诉，请你们研究我的申诉。无论出于什么原因，不让我报考是不对的。”

简哲的申诉被提交县公选领导小组，该小组的组长就是邵海洋本人。邵海洋按照相关程序，召集会议正式研究，最终认定简哲申诉具有一定合理性，同意报考。

邵海洋及时向简增国报告了情况。邵海洋觉得简哲是认真的，说来也难得，如今想当官想出人头地很务实的年轻人很多，会去琢磨需要改变什么的倒是稀罕。

“他琢磨个屁啊，空对空。”简增国批评。

邵海洋说：“就让他试试吧。”

结果简哲考上了该职位。

简哲“转移阵地”做得很彻底,他把省城的工作辞掉,租住的房子退了，所有个人物品全部搬走，什么都不留下。简哲的新阵地在乡政府干部宿舍楼，那里有一个小单间分给履新的简副乡长。简哲在县城还有一个后方基地，是王小娟的家，当年县长简增国安排给王明元遗孀的补偿房。简哲无法把父母的家作为转移后的一个阵地，因为他和父亲的结子未曾解开，暂时只能回避。作为儿子他不可能一直躲避，以往他让自己远走省城，父亲鞭长莫及，避开或有可能。此刻情况不同，他自己转移回到了本市，这里是父亲的地盘，父亲的影响力足以进入此间各个角落。

有一个双休日上午，简增国夫妻在家。早饭后简增国换衣服，拿上包准备出门，陪市长去省城办事。这时门铃响，有客上门。林淑惠过去开门，却见门外站着儿子简哲，还有王小娟，抱着他们的孩子。

林淑惠当场掉了眼泪。

他们的小孙子已经会说话了。简哲让孩子喊“爷爷”,孩子奶声奶气一叫，简增国的心一下子给揪了起来。

他说 :“林老师，给孩子找块糖吃。”

他没跟儿子和媳妇说话，但是出门之前抱了抱孙子。

简哲就这样再次进入家门，带着他自己的家人。

一年后市里换届，简增国成为新一届市政协副主席。简增国起自基层，工作履历和经验丰富，当过多年县长，而后是县委书记、市政府秘书长，其本事、能力广受公认，号称“师长”，此刻进入市级领导层也属实至名归。

简哲感觉无奈。他对母亲说：“那些人更得说我靠他。”

“别管他们。”母亲说。

简哲考上副乡长后，外边有人议论是简增国利用职权和影响把儿子弄上去。简哲听了非常不服，因为事实刚好相反。父亲成为简副主席之后，投射到简哲身上的影子将更为浓密，简哲无论干什么，都会被人归结到简增国身上，似乎简哲本人没有任何意义，一切只在他父亲。这是简哲最不能接受的。

林淑惠对儿子说：“你爸爸这么多年，谁说三道四他都不理会。”

简哲说：“这不容易。”

后来的情况恰如简哲所预料，他在乡里每进一步，都有人议论是简增国在后台运作，不管简增国是在台上，或者已经退休。简哲已经学会不去理会，但是父亲在他心中始终是一个坐标，简哲所要坚持的想法简而言之就是与父亲那一套有别。出于天生的相像性格，以及往事种种，作为儿子他即使不与父亲对着干，也一直保持着距离。

直到“蓝名单”出现。

5

那段时间简哲隔一两天就往家里打电话。在电话里谈吐表现正常，反常的是电话频率陡增，显然他感觉不安。他在电话里总问情况怎么样？身体都好吧？其不安溢于言表。简增国告诉他一切都好，没事，让他好好在下边征地拆迁，完成任务，有时间给乡干部上上课，讲讲依法治国，不必操心家里。

“找时间回家看你和老妈。”简哲说。

“不要回来。”简增国没有一丝含糊，“做你的事。”

简增国不希望儿子回家蹚浑水，因为此刻老爸麻烦大了，外界沸沸扬扬已经到处声音，简家里的电话以及手机铃声则显著减少。“师长”在位时是大忙人，身边电话铃此起彼伏，退休后电话少了一些，丁零丁零也还不绝于耳，表明本老家伙不缺人脉。前些时候受到 1022 专案数次邀请，号称进入“蓝名单”，简增国的电话不减反增，有的人大胆打听情况，也有的什么都不说，闲聊几句，含蓄致意，聊表慰问。那时候简增国只是进了名单，本身并无大事，电话联络没有风险。现在情况忽然不同了，相关问题骤然升级，简增国俨然已经成为一个危险源，令人避之唯恐不及。此时此刻，除了很稀罕的若干不知情者，只有儿子简哲还敢频繁往家里打电话。

儿子不愧就是儿子，尽管当了乡长，该顶牛照样顶牛，你越不让他做什么，他越来劲。简增国明言禁止他回家，当天晚上他就从乡下跑了回来。进家门时他轻描淡写说了一句，似乎匆匆回来就是要送一袋地瓜给老妈尝尝。

简增国对儿子拉下脸："简乡长在下边没事干吗？"

简哲不理会，只顾与母亲说话。

"我说你。"简增国不放过儿子，"头发多久没洗了？"

简哲头发长了，头上衣领上星星点点落着些头皮屑，简增国看了很觉刺眼。

简哲说："爸，下边没事干，找不到工夫收拾。"

"那你跑回来干什么？"

"我要跟爸谈谈。"

林淑惠紧张："你们谈什么？"

简哲笑："妈别管了，是工作上的事。"

简哲起身，与父亲一起走到阳台，在那里谈，以防母亲听到担心。

简哲知道"蓝名单"的事情，也听说父亲拒绝承认，他很着急。作为儿子他非常牵挂，所以赶回来劝父亲一句：如果情况属实，不承认是不对的。无论多丢面子，无论会遇到什么麻烦，应当尊重事实，这才是对的。

"谁让你管对管错啊？"简增国问。

"我是你儿子。"

"你管不了，老爸自己对付。"

"爸，为什么要引火烧身！"

"我不跟你说这个。"

简增国下命令，不让简哲呆着，要他马上离开。简哲本打算在家过一夜，已经安排乡里的驾驶员去市宾馆住下，但是简增国不允许，也不同意简哲留宿宾馆，命他务必立刻启程，连夜返乡，去把头洗一洗，做他认为对的事情。

简增国不服："爸爸！这为什么？"

"不为什么。我说了算。"

简增国没有一丝含糊，硬是把儿子赶出家门。出门时简增国给儿子追加一条命令，让儿子这一段日子不要回来，也不要给家里打电话，因为不需要。

儿子一声不吭离去。林淑惠大惑不解。

简增国解释："这小子回家跟我吵了一架，但是我很高兴。"

其实他心知肚明，此刻无从高兴。

简增国已经退休数年，按照开玩笑的说法，叫作已经安全降落。时下人称做官是风险行业，这种风险与权力相关，权力越大风险越大，一旦官员退休，无职无权，风险也就不复存在。这并不是说凡安全降落的官员都属清廉，事实上确有官员在任上胆大妄为，但是人家或者运气好，或者有人罩着，终于全身而退，身上一根毫毛不少。理论上官员退休之后并没有进入保险柜，既往犯罪依然可以被追溯，确实也有些已降落者被查，好比飞机降落后冲出跑道，机毁人亡，但是并不多见。毕竟在职官员腐败案多发，相关部门尚且查不过来，很难顾及退休官员既往事项，外界上上下下的注意力也集中在台子上的权力官员，对退下来者兴趣不大。因此一个官员安全降落之后，他曾经的飞翔过程无论多么惊险都会迅速黯然失色，通常不会有事。

蓝伟立的一份“蓝名单”把退休官员简增国牵涉到案子里，涉嫌送款十万。十万元不大不小，简增国夫妻工作多年，依靠合法收入和积蓄，不需要贪污受贿，积攒这么一笔钱还是做得到的，仅此而论，这笔钱对简增国并不构成太大威胁。他为什么拒不承认呢？或者他真是被冤枉了，或者他出于某些缘故拒绝坦白，后者显然更有可能。蓝简之间不存在特殊过节，蓝伟立不至于编造情节诬陷简增国，简增国则有可能作假不认账，他有理由心存侥幸，因为这笔钱没有第三者旁证，数额也不特别巨大，简增国本人已经退休数年，通常情况下，办案方未必会对他穷追不舍。问题是“蓝名单”一案不是一起普通案件，其牵扯官员之多累计数额之大触目惊心，暴露出本地干部队伍的严重问题，影响非常恶劣，受到高层关注，办案部门奉命务必彻查严处，以警示干部，对上下有个交代。简增国是“蓝名单”里的排前人物，送款十万以常理分析当是事实，他拒不坦白，成为抗拒交代的出头鸟，办案部门不太可能轻易放过。

简增国号称“师长”，为官多年，不缺乏眼光和经验，他不可能不知道“蓝名单”的特殊性和严重性。如果起初他确实心存侥幸，那么在邵海洋悄悄传达省里那位“他”的意见之后，改变态度的必要与紧迫已经无可置疑，这时候无论如何应当先把事情认下来，把悔过书与涉案款项交出去，那样的话，退休干部简增国的涉案将到此为止。如果他充当出头鸟继续抗拒，则必定引发彻底调查，那时翻出来的可能就不只是十万元的问题。简哲所说的“引火烧身”就是这个，其巨大风险简增国不可能不知道。

但是他选择继续抗拒。

他把表明本人无辜的说明书交给洪主任后，头几天风平浪静，因为办案人员必须把相关情况报告上级，请上级研究并作出决定。几天后情况突变，洪主任一组人员奉命扩展调查范围，从调查“蓝名单”转而深入到调查简增国。简增国本来只是“蓝案”里的一个配角，在该案拉出的名单里领衔跑跑龙套。现在不同了，“蓝案”派生出“简案”，简增国把自己跑龙套跑成了另案主角。

简增国从多个信息渠道得知洪主任他们已经扩展了范围，被通知前往宾馆八号楼的人员不再只跟蓝伟立有关，他们需要回答的问题已经涉及简增国。按照要求，接受问话的人员必须保守秘密，不能将问讯情况外传，但是总会有些信息直截了当，或者通过曲曲折折的通道传到简增国的耳朵里。简增国听说除了通知相关人员前来，办案人员还分出几个小组下访摸底，调查重点放在他当县长、书记那个时段。通常认为一县主官权力大，为腐败案的高发区。

那一天简增国第三次到宾馆八号楼接受问询，谈话者还是洪主任，态度依然客气。洪主任向简增国核实三件事，都是简增国在县里工作时的陈年旧事。第一件是县城农贸市场的改造，包给承建商曹成会的条件是什么？第二件是当年简增国的母亲过世，治丧怎么安排？第三件却是王明元，王与简为亲家，当年王家住宅是怎么给的？

简增国即表扬："你们工作真是细致。这些陈年旧事连我自己都记不太清了。"

"请简主席尽量回忆一下。"

"里边有什么问题吗？"

"简主席认为没有问题？"

当年这三件事都有些具体情况。县农贸市场年久失修，急需改造，但是县财政困难，无法推进。简增国认为政府手中有权，不怕没钱，可以搞权钱交易。所谓权钱交易是开玩笑的，不外是把开发商找来，让他们投钱，帮助政府把市场盖起来，把道路修起来，改造过程中用地富余出来了，给开发商建房子卖钱，这是双赢。母亲治丧那件事比较特殊，简增国生于乡村，父亲过世早，母亲拉扯儿女成人。简增国上边有一个大哥，一直在乡间务农，母亲随大哥一家生活，在七十一岁上因突然中风过世。母亲过世之际，很不凑巧，简增国带团出访美国，母亲的遗体在冰棺里多躺了好几天，等他赶回才下葬。当时县里刚好在进行中层班子考核调整，听说县长的老娘死了，县里跑去吊唁的人特别多。至于王明元的住房，确实是他行使县长权力拍板给的。当年房价便宜，也值几十万，给房子主要是解决老上访户遗留问题，与后来的结亲无关。

洪主任问：“你亲家死在派出所的原因是什么？”

“先天性心脏病发作猝死。当时我们不是亲家。”

洪主任说：“这三件事是否存在违法违规问题，请简主席详细回忆一下。”

简增国不记得有什么严重问题。当然他也不敢说无可挑剔，眼下各种规定很多，一条一条，定得很有道理，说得都很严格，但是在基层具体工作中必须灵活掌握，完全按照那一套来，可能什么事都做不成。很多时候不能不绕行变通。

“就像洪主任办案，有时也不得不用一些特殊办法，是不是？”简增国问。

洪主任突然转口：“简主席，我们不希望这样。”

“洪主任希望什么？”

“我还想给简主席最后一个机会。回头是岸。”

他们都知道这是说什么。洪主任仁至义尽，还想拉简增国一把。洪主任追查的三件陈年旧事都不是必要的，无论他们已经掌握了什么，此刻还可以挂起来不问，只要简增国回头承认错误，认下“蓝名单”。所谓“两害权其轻”，认下“蓝名单”对简增国并没有太大危害，如果继续顽抗，所查三件事里则肯定潜藏着巨大危险。

简增国说：“谢谢。我会考虑。”

他没有回头。

那一天，市政协老干处组织离退休老领导活动，下基层考察，简增国报名参加。虽然外界传说纷纭，沸沸扬扬，毕竟上级还未作出对简增国的处置决定，他还有行动自由。那一次活动去了下边县里，就是简增国当过县长、书记，发生过若干陈年旧事的地方。同行的市政协老领导一共有三位，老家伙们到达时，几位县领导站在宾馆门边迎接，县委书记亲自站台，叫作“高度重视”。简增国注意到县长邵海洋没有露面，一问是到省里开会去了，大约两天后才能回来。

“这次见不上了，代我问好。”简增国说。

当晚县里请各位老领导吃饭，几套班子头头都到。大家刚在桌边坐定，一个人匆匆走进门来，却是邵海洋。原来他听到消息，中途溜号，直接从省里会场跑回县里。

简增国笑：“邵县长何必呢。”

邵海洋说：“老领导光临，一定得回来表示一下心意。”

简增国再问，才知道省里会议还有一天，邵海洋赶回来的任务就是陪他们吃这顿晚饭，而后还要连夜赶回省城，以便参加明天的会议。

“让我都过意不去了。”简增国说。

邵海洋说：“应该的。”

当晚邵海洋的位子与简增国隔着几个座位，邵海洋数次起身，过来给简增国敬酒，他不喝酒喝果汁，以汁代酒示敬。每次碰杯他们都交谈几句，邵海洋提到了简哲，表扬该年轻乡长非常好学，工作非常努力，有自己的想法，坚持脚踏实地，十分难得。

“拜托你们对他多批评，那是关照他。”简增国说。

邵海洋：“主席放心，简哲交给我了。”

除了简哲，他们没多谈。当晚饭桌上人多，相当于上一回的展会现场，邵海洋如果有重要信息，可以很从容地利用该公开场合传递，做到不留痕迹，但是他什么都没说。邵海洋专程从省城赶回来，不会只为了给简增国敬果汁，他在省里应当听到了一些消息。为什么他不说？难道他想传递和表达的东西尽在果汁中？

饭后邵海洋问简增国：“主席有什么交代？”

简增国说：“你晚上还要赶路，走吧。”

“不急，可以陪陪领导。”

“不要你陪。走。”

简增国把邵海洋赶上车，上车时他们握了手，简增国感觉到邵海洋手掌有点异样，握上去显凉，微微有点抖。

邵海洋一定听到了什么。他说不出口，但是非得跑回来见上一面。

简增国什么都不问，当众把邵海洋赶上路。前些时候他也是这样对待儿子，迅速赶出家门，连夜遣返乡下，这是为他们考虑。此时此刻，他们与简增国的任何单独接触都可能被记录在案，日后都可能面临调查。因此不如省点事，让他们及早撤离。

当晚，简增国带着一点礼物，由县委办主任陪着，借便走亲戚，拜访亲家母。当年该亲家母冲进县政府大楼，对着简增国哭喊："拿命还命！"简增国记忆犹新。自那以后两人再没见过面，即使在成为儿女亲家之后。亲家母住的房子是当年简县长拍板安排的，以往简增国从未隆重光临，只知道妻子林淑惠曾悄悄上门探访过。时到今日，简增国第一次走进了王家房门。

亲家母在，还有媳妇和孙子。儿子简哲在下边乡间，不在这里。

实际上，简增国上门的目的是看孙子。孙子一直住在外婆家，与外婆和母亲一起生活。王小娟已经在一年多前从乡下中学调到县一中任教，她与简哲当年就是这所学校的同学。县一中的工作条件比乡下中学好得多，生活也好安排，可容王小娟更多地照料母亲与孩子，也为年轻乡长简哲依法治国免除更多后顾之忧。从乡下中学往县城调很不容易，县长邵海洋亲自发话才办成了，谁让县长发了话？简增国。简增国知道自己儿子不会去求领导办这种事情，那么老头子来办吧，一句话。

简增国在亲家母那里没有待太长时间。寒暄几句，拉拉家常，抱抱孙子，也就半个来小时。亲家母不是场面上的人，表情十分木讷，与旧日简县长间曾有过节，相对尴尬，没有多少话好说，待客只靠王小娟。王小娟本人被简增国的突然到来弄个措手不及，一时不知道该怎么办，本次意外拜访气氛比较怪异。

王小娟问简增国："爸，我给简哲打电话让他来吧？"

简增国说："不要。"

"他性子就那样，爸不要生他气。"

简增国笑笑："我早让他气饱了。"

简增国告辞离开。

第二天一行人从县里返回市区。简增国到家时，简家所居住宅楼下停着一辆轿车，有两个人站在车旁等候，其中一位是洪主任。

洪主任说："简主席，请跟我们走吧。"

简增国上了他们的车。

6

当年简增国县长拍板，把县农贸市场改造交给了曹成会。曹成会是个开发商，长得像个木桶，矮而胖，脑满肠肥。通常胖人迟钝，曹成会却非常敏捷，异乎胖人。

曹成会拿到项目的第二天是星期六，简增国回市区与林老师团聚。曹成会跟踪追击，从县里跑到市区，上门拜访，随手携带一个小提箱。简增国给他开门，他把小提箱拎进了简家客厅，放在沙发边上。

简增国问：“那是什么？”

“小意思，给林老师买几件衣服。”

“县长没钱给太太买衣服吗？”

曹成会笑：“县长开玩笑。我不是那个意思。”

曹成会坐了几分钟，喝了一杯茶即起身告辞。走的时候，简增国要他把“小意思”带走，他死活不拿，简增国沉下脸，坚决执行。

“你要不拿走，农贸市场我交给别人做。”简增国警告。

曹成会连声道歉：“县长，县长，我太过意不去了。”

简增国问：“是真话吗？”

“简县长有什么需要，给我一句话。”

“说真还是说假？”

“县长放心，曹胖子最实诚。”

曹成会把“小意思”带回去了。几天后简增国给他打了一个电话，让他到开明货栈帮助结一笔小账，这笔账县财政不好处理，所以要曹成会帮忙。

曹成会连声表示没问题，马上就去。

曹成会去了开明货栈。这一笔小账其实不小，数额超过六万元，项目是茅台酒和中华烟，以及若干补品。货已经有人全部提走，曹老板负责结账。

那时候临近中秋。几个月后春节将临，简增国又让曹成会去货栈结了一笔小账，这笔账比上一笔更大，有八万多元，项目依旧，还是高档酒、烟，以及高档补品。这些东西干吗用？无论胖子瘦子都明白，铺路送礼公关。

曹胖子很实诚，两笔小账一一结清，二话不说。但是他把票据留了下来，几年以后交给了 1022 专案调查人员。

第二件事是母亲治丧。简增国的家乡在邻县，跟本县县城相距 50 公里。母亲不幸病故那一回，简增国中断访美日程，赶回奔丧。此前县里众多下属官员已经纷纷乘车翻山越岭，到简氏老宅表达过哀悼，并留下若干慰问金，多装在信封里并写有名字。简增国的大哥收下这些钱，在简增国归来后如数交给他，兄弟俩清点款项，实收十五万余元。丧事办完之后，简增国烧掉那些信封，现款则全数留在大哥那里，其兄用这笔款翻新简家老宅，加盖了一层楼。那一年恰逢县里进行中层班子考核调整，动了百余干部，有的提拔，有的交流到更好的位子，这其中不少人曾经给简母奔丧并留下信封。若干年后专案人员多方取证，认为这些钱不是一般礼金，具有买官卖官性质。

简增国对两笔款项均没有异议，供认不讳。“两规”期间他曾提出疑问，申诉自己不抽烟也不好酒，曹胖子买单的十四万礼品尽数上送公关，他本人并没有中饱私囊，不能计为贪污受贿。对后一笔十五万余款项，他否认与卖官相关，如果他真想卖官，价码不会定得这么低。但是简增国随即改变态度，停止申诉，表示事实清楚，款项无误，愿意认罪。念他工作多年，没有功劳有苦劳，且已退休，在本案中能配合办案人员，对相关事实供认不讳，完全坦白并愿意承担责任，请求处置从宽。

办案人员还追查了简增国亲家的住房问题，这件事有案可稽，记录翔实，数额确切，不需要费多少功夫调查就可确定，如果定为简增国利用权力假公济私，那么其案值将增加数十万元。追查中，办案人员发现简王两家关系很复杂，当年王明元案的处置有疑点，他们没放过这个疑点，最终从一位已故县公安局副局长封存在档案室的工作笔记本里找到一段记录：当年王明元阻挠工地开工，被警察带离现场。副局长请示简增国，简发话："给他点教育。"王明元在派出所大喊大叫，两个负责民警对他动了手，"教育"过程中王突然倒地死亡。副局长急报简增国，被简增国骂了一顿，而后简授意他安排当事民警统一口径，设法把事情压了下来。

专案人员与简增国核对情况，简增国坚称该记录有偏颇，不准确，此案已有结论，不宜推翻。王明元已经去世多年，他们两家如今成了亲家，自家疮疤不要再挖。专案人员考虑，这个旧案深挖下去，简增国可能涉嫌滥用职权，隐瞒真相，罪加一等，但是毕竟与其腐败案关系不大。最终此事存疑，挂起来没有再查。考虑到简王两家情况的复杂性，简增国批准给王家的住宅被专案人员放过，没有计入简增国腐败案。

有一个情况比较令人费解：办案过程中，简增国对个人腐败事项承认相当爽快，曹胖子的两笔账，留给大哥的一堆现款，基本不费周折，有多少认多少，给办案人员省了很多麻烦。简增国当然清楚承认下来就要负责，这两项已经足够他身败名裂，可能导致牢狱之灾，他却没有百般狡辩，设法赖账。奇怪的是他对"蓝名单"却始终咬住嘴巴，那一笔钱对他并不具备真正的杀伤力，但是任何情况下问起来，他都断然否认，决不改口，充分表现出“师长”的坚固性，其顽抗已经显得不可理喻。

事实上该款项难以抵赖。

根据蓝伟立交代，简增国与蓝伟立本无私交，工作关系尚可，两人来历不同，简增国是本市土生土长干部，蓝伟立则是所谓“空降兵”，从省财政厅下派本市。蓝的上层关系很硬，在省领导那里说得上话，下派后先在市政府当秘书长，他对该职务不感兴趣，因为他最缺乏的是基层主官履历，必须到县里去当书记，上升条件才比较完备。当时本市辖下几个县委书记里，简增国年龄偏大，蓝伟立通过上层运作，没待简增国把书记位子坐热，就拿他跟自己作了轮换，蓝下去接简当书记，而简上来当秘书长。两人轮换比较突然，非简增国所愿，但是“师长”不愧老到，他清楚蓝大人的背景和影响力，让道时并无二话，两人相安无事，为日后的各自升迁铺平了道路。

蓝伟立当县委书记期间，其儿子初中毕业，被他送到美国读高中，当小留学生。蓝伟立家住省城，他儿子当小留学生的事情，本地知道的人不多，但是简增国知道了。有一天市里开会，简增国抽个时间到宾馆蓝的房间聊天，谈话间简增国问起小留学生，感叹说，当年他把儿子简哲弄到县里读高中，不料竟缔造了一门尴尬亲事。如果当时花点钱，送孩子到美国当小留学生，也许还省心。蓝伟立称孩子太小，送到天边也是问题。眼下小孩在那边不适应，老婆在这边抹眼泪，真是没办法。两人聊了半个来小时，简增国告辞离去，把进门时带来的一个文件袋留在沙发上。简增国走后蓝伟立才发现那个文件袋，随手打开看看，里边什么文件都没有，装的竟是一扎扎现金，一共十万元人民币。蓝伟立立刻往简增国家里打了电话。

“秘书长把文件袋落在我这里了。”他问，“怎么给你送过去？”

简增国说：“不好意思，忘记说明一下，那是给小留学生的。”

“怎么可以呢！”

“有什么不行？”

小留学生年轻轻轻远离父母，很不容易，应当多送温暖表示支持。简增国自己的儿子起点不够，只在县里留过学，没大出息，所以很羡慕小留学生。他知道培养小留学生花费大，父母需要筹集不少资金，有时难免周转不开，所以想助一臂之力。

蓝伟立说："哪怕周转有问题也得自己解决，不能给老简增加负担。"

"见外了。这是谁跟谁啊？一文件袋算个什么？"

蓝伟立笑："秘书长这么豪迈？"

简增国也笑，表示豪迈算不上，如果以为他一文件袋都增加负担，那也太小看了，"师长"不会那么没本事。

蓝伟立哈哈："老简最不能小看。"

简增国说："我请蓝书记关照一点不讲客气。蓝书记也不必跟我客气了。"

于是蓝伟立心安理得拿该钱替小留学生周转去了。

后来蓝伟立当了市领导，简增国也成了简副主席，有一次两人私下闲聊，蓝伟立称自己正在攒钱以归还周转金，考虑还宜加点利息。简增国即开玩笑，说该周转金性质变了，早已转为投资股本，炒年轻领导指日高升，前途无量，自己也好一起奋勇前进。两人彼此哈哈，从此不再提起这笔钱，直到蓝伟立将它写入"蓝名单"。

蓝伟立对简增国这笔款项的描述，仅从过程与细节看，确实不像故意编造。但是简增国咬定没有，死不承认，办案方没有更多旁证，无法强行定案。这笔款项最终挂了起来，没有出现在简增国的处理材料里，简增国却因此付出了沉重的代价。

他被判有期徒刑十年，主要犯罪事实是任县长期间通过农贸市场改造和母亲治丧获取的非法所得。简增国受到严惩属咎由自取，如果他与1022办案人员合作，承认“蓝名单”事实，绝对不会落到如此地步。他对各种忠告置若罔闻，表现恶劣，拒绝坦白，充当出头鸟，引火烧身，办案方还能没有惩戒他的办法？不认这个查那个，两三笔就让他无处可逃，锒铛入狱。一个已经退休数年的前官员走到这一步，时下也不多见，老来入狱晚景凄凉，令人不甚感慨。简增国号称“师长”，眼光敏锐，经验丰富，于本案中却失之固执，足够愚蠢。

简增国入狱服刑之前，经历了“两规”和移送司法处置过程，按规定不得与外界接触，服刑后才允许亲人探视。简哲在第一时间来到监狱见父亲，父子俩在探视桌两侧对坐，好一阵相视无语。自从上一回简增国把儿子从家里赶回乡下，一晃过去半年多，半年多再次见面，居然已在高墙之内。

简增国发话：“你妈怎么样了？”

简哲说："在医院里。小娟照顾她。"

"你呢？"

"老样子。"

简增国竟然开玩笑："还在依法治国？"

"是。"

"你要坚持住。"

简增国让儿子以后不必再来探视，他在这里都好。为官多年，人脉充足，本监狱的领导，以及坐监狱的犯人中都有熟人朋友，他们对他挺关照，家人不必操心。简增国让儿子多关心母亲，同时继续努力依法治国。父亲入狱，儿子会受影响，工作和发展会有波折，但是不要怕，有波折才有锻炼，成大事者没有一个不经历波折。简增国相信邵海洋等人会继续关心简哲，不因为老爸出事就撒手不管。毕竟父亲是父亲，儿子是儿子，大家都明白。日后如何，关键还在简哲自己，简哲要坚持住，按照自己的想法，脚踏实地，一定可以越过眼前这道坎。

简哲突然发问："爸，我想知道怎么回事。"

"你不需要纠结那些。"

简哲坚持纠结，想知道原因。简增国回答说，老爸并没有被冤枉，曹成会和奶奶丧事都是事实，不需要为老爸抱不平。事情怎么会变成这样？原因在哪里？三言两语说不清。“师长”当到退休，老来坐进牢里，可见老爸那一套确实有问题。问题症结何在？老爸眼下没心思多考虑。已经走到这一步了，考虑那些有个屁用？不如省点心，就此安度晚年。但是简哲不一样，年轻人有必要认真研究，知道权力是怎么回事，日后如果掌握大权，切记引以为戒，只做对的，不做错的。

简哲坚持：“有些事我还是想弄明白。”

他问了一个情况：当年他从省里跑到县里考副乡长，父亲通过邵海洋设置障碍，阻止他报考，他非常生气。现在想来感到不对，父亲这么做有原因吧？

简增国点头：“脑筋够用。”

他承认是他让邵海洋故意设置障碍。当时邵海洋告诉他，简哲报考条件有些小情况，可以处理，不会影响。简增国却主张不要让简哲太顺当，不妨就此磨他一下，让简哲知道哪怕招考也不是一切现成，该找人还得找人，老爸不找，小邵叔叔一定得找。浇点冷水，给点刺激，对简哲有好处，设置障碍的目的不在阻止，而在推动他下定决心，全力拼抢。简增国知道儿子的性格，不压不争，越压越争，请将不如激将，儿子对父亲干预越愤怒，就会越努力，成功的可能性就越大。结果如简增国所愿。

简哲突然单刀直入："蓝名单十万元呢？跟我有什么关系？"

简增国斩钉截铁："没有那件事。"

简增国看到儿子眼中有一丝泪光闪烁。

这个儿子非常聪明，其洞察力决不比父亲逊色，他虽然不知道，但是想到了。

当年简哲参加公选，顺利通过笔试面试，进入考核阶段。有一天邵海洋匆匆来到市政府办公大楼，找简增国报告一个新情况。

"蓝书记过问简哲这个事。"他说。

当时公选进程已经走到尾声，接近完成，蓝伟立却要倒回头，从资格审查查起。他追查简哲报考情况，说有人反映简哲资格有问题，究竟怎么回事？邵海洋详细汇报了情况，担保程序完整，没有问题。邵海洋只能说台面上的事情，没有提到这一资格审查波折背后的原因，其实是简增国要求给简哲设置障碍，这当然是不好说的。

蓝伟立听了不认可："我看是个问题。"

邵海洋赶紧向简增国告急。蓝伟立是县委书记，其施政特点为大小权力一把抓，他有权否决。如果他发话，简哲这件事就泡汤了。

简增国问 :“这里边有什么背景因素? ”

邵海洋分析与另一位考生相关，该考生与简哲报考同一职位,目前名列第二。那位考生从附近县过来报考，据了解其父亲是私人矿主，家里很有钱。

“听说蓝大人胆子大,敢要敢拿? ”简增国问邵海洋。

“是。”

简增国交代 :“你小心他，保持一点距离。”

几天后市里开会，简增国拿着一个文件袋到宾馆房间里拜访蓝伟立，文件袋里装的不是公文，是给“小留学生”的十万元。简增国在与蓝伟立交谈时一再提到儿子简哲，虽没有直接要求蓝伟立相帮，其意思彼此都已心知肚明。这笔“周转金”以及简增国的直接出面起了作用，蓝伟立高抬贵手，没再追究简哲的报考资格，简哲终于顺利过关当上副乡长，走上简增国推动他走的道路。

若干年后，简增国的“周转金”被蓝伟立招供进入了“蓝名单”。该名单看似只与简增国相关，其实后头牵扯简哲，如果简增国承认下来，当年的“周转金”将被视为为简哲铺路买官，这将成为简哲一大污点，会给他的未来蒙上难以消除的阴影，甚至毁掉他的前途，这是简增国无法承受的。简增国认为简哲是个好孩子，作为年轻干部他也很优秀，未来他应当会强于自己的老爸，不该被早早毁坏。因此简增国死活不进“蓝名单”，宁可自己承担后果，这是他应该承担的。他的出事短期内对儿子上进会有影响，长远看可能反会让儿子在当地收获或明或暗的同情，有利于发展。

简增国不会说出这些隐情，简哲不需要知道，至少在眼下。但是显然简哲猜到了一点缘故，简增国注意到他眼里的泪光。简增国还注意到儿子前来探监时特意洗了头，他的头发乌黑光洁，领子上没有一丝头皮屑。

简增国感觉欣慰。